JN189482

淳ちゃん先生のこと

重金敦之

淳ちゃん先生のこと・目次

初めに　一九七〇年、大阪万博の年に初めて会う……………3
第一章　一九六八年、日本初の心臓移植手術が札幌で行われた……………7
第二章　波紋を広げた「小説心臓移植」の発表……………37
第三章　直木賞を受賞し、瞬く間に流行作家へ……………65
第四章　「やぶの会」は「渡辺教授」の「医局」だった……………87
第五章　「化粧」の出版、「桜の樹の下で」と「麻酔」……………113

第六章　母、渡辺ミドリによる渡辺家の遺徳 …………147

第七章　直木賞選考委員、林真理子と藤堂志津子を推す …………173

第八章　突如、前立腺がんをカミングアウト …………187

第九章　「ひとひら忌」と「渡辺淳一文学賞」の創設 …………201

終わりに …………………………………215

重金敦之／著書

装画　大野雍幸
装丁　吉澤　正

淳ちゃん先生のこと

初めに　一九七〇年、大阪万博の年に初めて会う

岡本太郎の「太陽の塔」やアメリカのアポロ12号が持ち帰った「月の石」で、人気を集めた日本万国博覧会は一九七〇年三月に大阪の千里で開かれた。私が初めて渡辺淳一と会ったのは、その七〇年の初夏だった。

東京オリンピックが開かれた一九六四年に私は朝日新聞社に入社した。出版局の「週刊朝日」編集部に配属され、六八年から季刊の新雑誌「週刊朝日カラー別冊」の編集準備に携わることになった。

それまで日本の雑誌は、ページによって紙質が異なるのが通例だった。カラーやモノクローム写真ページのためのグラビア用紙、活版の本文用紙、といった具合だ。読み物雑誌だとピンクや黄色の「お色気ページ」がある時代だった。

まだ「ヴィジュアル」という言葉が耳新しかった時代に、すべてのページを同紙質にしてカラーページ主体のオフセット印刷という画期的な雑誌を志向した。広範な海外取材と日本の伝統文化を鋭く探索する壮大な企図があった。現在では珍しくもないが、当時は先駆的な取り組みだ

った。

海外へのパッケージツアー（団体旅行）が増え続け、かつてなく日本人の目は世界に向けられていた。高度経済成長が絶頂期を迎えようとしていた。畏れ多くも一八八八年に創刊された「ナショナル・ジオグラフィック」の日本版を目指すという「野心」もあった。大阪万博の前年、六九年の四月、私はでき上がったばかりの創刊号を携えて、ワシントンの「ナショナル・ジオグラフィック協会」を訪ねた。

広報部長は表紙を下にして、後ろから左へページをめくると一目見るなり、「ハンサムマガジン」という言葉を口にした。「ハンサム」とは雑誌にも使うことを学んだ。さらに広報部長は、いかにも申し訳なさそうに説明してくれた。

「わが雑誌は地理学などの啓蒙と普及を目的として設立された非営利団体が出版しているので、税金が免除されているんだよ」

その裏には、「日本人なんかに出来るわけがない」という誇り高き自信と微かな憐憫の情を感じた。「ハンサムマガジン」が外交辞令であることがたちどころに理解できた。

そんな実験的季刊誌に「現代恐怖」というテーマを設け、掌篇小説のシリーズを企画した。まだあまり知られていない新進気鋭の作家を起用することを私は提案し、その一人が渡辺淳一だった。原稿を依頼するために訪れた渡辺の自宅は、意外にもわが家から歩いて五、六分のマンションだった。越してきたばかりらしく、まだ家具も整理されていなかった。

私が渡辺淳一という名前を強く意識したのは、二年前の一九六八年八月に北海道立札幌医科大学教授の和田寿郎が行った日本で最初の心臓移植手術によってである。渡辺が「ダブル・ハート」という心臓移植を扱った作品を発表した直後、実際に「心臓移植手術」が行われた。しかも同じ大学である。

ただ、渡辺の名前が広く世間に知られたのは、朝日新聞の文化面で心臓移植の問題点を指摘した吉村昭の寄稿に、「反論」を寄せたからだった。

「和田心臓移植手術」から、渡辺淳一が大学に居づらくなり、作家一本を志して直木賞受賞に至るまでの道を、しばらく追ってみたい。

第一章　一九六八年、日本初の心臓移植手術が札幌で行われた

南アフリカで始まった心臓移植手術につづいて

私が朝日新聞社に入社した一九六四年に札幌の同人誌「くりま」に発表した渡辺淳一の「華やかなる葬礼」が、北海道新聞社の「道内同人雑誌秀作」に選ばれている。本業は北海道立札幌医科大学整形外科学教室助手。一九三三（昭和八）年一〇月生まれの渡辺は私より六歳年上で、三〇を越えたばかりだった。

翌年、「華やかなる葬礼」は「死化粧（しにげしょう）」と改題のうえ、文芸誌「新潮」（新潮社）に掲載され、新潮同人雑誌賞を受賞する。この「死化粧」は一九六五年下期の芥川賞候補になったが、受賞には至らなかった。六七年には「霙（みぞれ）」が上期の直木賞候補に推されたが、生島治郎の「追いつめる」が受賞し、選に洩れた。下期には「訪れ」が連続して直木賞候補に挙げられたが、受賞はできなかった。受賞作は野坂昭如（「アメリカひじき」「火垂るの墓」）と三好徹（「聖少女」）だった。

この頃、渡辺は北海道出身の伊藤整、船山馨の知遇を得、先輩作家として敬愛するとともに、

作家としての身の処し方を学んでいる。大ざっぱに言えば、芥川賞路線で行くのか、直木賞路線で行くのかの「迷い」があったのだ。

一九六八年八月八日に、渡辺淳一の運命を大きく変える「事件」が起こる。勤務先の札幌医科大学胸部外科教授の和田寿郎が、日本で初めて心臓移植手術を施行したのだ。奇しくもその二〇日ほど前、渡辺は心臓移植をテーマにした「ダブル・ハート」という作品を「オール讀物」（文藝春秋）九月号に発表している。

執刀医の和田寿郎は当時四六歳。北海道大学医学部を卒業後、アメリカへ留学し、心臓外科学を学んだ。南アフリカのケープタウンで世界初の心臓移植手術を行った心臓外科医、クリスチャン・バーナードは、ミネソタ大学で和田の二年先輩だった。バーナードは一九六七年一二月三日に執刀し、五五歳の食料品卸売業の患者（レシピエント）は一八日後に死亡した。心臓を提供したのは、交通事故で運び込まれた二四歳の女性だった。一八日後に死亡ということは、「一八日間も生きていた」ことでもある。

動物を使って、心臓を置き換える実験手術は、それまでに世界中で繰り返されてきた。一九六四年には、チンパンジーの心臓を人間に移植したケースもあったが、患者は九〇分後に手術台の上で亡くなっている。多くの動物実験や失敗例を重ねた結果、心臓を単なる臓器として、人間同士で置き換える試みが現実のものとなっていった。

心臓は他のもろもろの臓器と違い、人間の根源を成す神聖な象徴とする思考は、洋の東西で長く支持され続けてきた。しかし、その「信仰」ともいうべき「心臓崇拝」は、バーナードの手術を契機として一瞬にして崩壊し、心臓移植手術が世界中で続々と行われていく。心臓は人間の臓器の一部で、単なる血液のポンプに過ぎないという見方だ。

ケープタウンのバーナード手術の結果も待たず、三日後の一二月六日には、ニューヨークのマイモニディーズ病院で、エイドリアン・カントロヴィッツが生後二週間の心臓奇形児に移植手術を施している。先天性無脳児から心臓を摘出した。世界で第二例目となる。カントロヴィッツはアメリカ全土の主要な病院に、「先天性無脳児が生まれた場合、すぐに連絡するように」という「お願い」を出していた。

バーナードは、第一例の患者が亡くなると、すぐに一九六八年一月に第二例の手術を行っている。一九六八年は心臓移植元年ともいうべき年で、世界で一〇一例の手術が行われた。ほぼ三日に一例の手術が行われた計算だ。うち五四例がアメリカで、日本の症例もある。札幌の和田心臓移植であることはいうまでもない。

手術を受けたレシピエントは、宮崎信夫、一八歳。小学校の五年生の時からリウマチによる合併症で、心臓に難があった。心臓を提供したドナーは東京の大学生、山口義政。二一歳。夏休みで帰省し、たまたま八月七日のお昼ごろ小樽の蘭島（らんしま）海岸で友人たちと遊泳中に溺れたのだ。

北海道の海水浴場として最も古い蘭島海水浴場は、平日の水曜日といっても、北国の束の間（つかのま）の夏休みを楽しむ一万人近い海水浴客で賑わっていた。

呼吸が停まった状態の山口は心音も無く、人工蘇生器による酸素吸入と心臓マッサージを受けながら、小樽市内では大病院とされる野口病院に救急搬送された。意識は戻らなかったが、自力で呼吸ができるようになり、心拍音も聞こえた。

しかしなぜか夜の八時を過ぎたころ、山口は札幌医大の高圧酸素室による治療を受けるため、札幌に転送される。さらに日付が変わり、山口の心臓は摘出されて、宮崎の心臓と置き換えられた。

八日の読売新聞（北海道版）朝刊では、「心臓が動きだした！　一度は〝死んだ〟水難大学生、懸命の人工呼吸40分　医者はサジなげたが」というスクープが社会面のトップを飾っている。ところがその日の未明に、山口の心臓は摘出され死亡していたのだから、結果的に読売新聞のスクープは、「誤報」となった。

和田寿郎は八日の午後一時過ぎ、道政記者クラブを通じ、「札幌医大胸部外科で心臓全置換手術を行った」と発表した。

和田の心臓移植は、実に様々な問題を残した。宮崎信夫は心臓移植を本当に必要とする喫緊（きっきん）の病状だったのか、という基本的な疑問も出てきた。あまりにも不可解なことが多すぎたのである。

小樽の海岸で溺れたドナー（山口義政）の死亡判定もあいまいだ。なぜ、小樽の野口病院から札幌医大に「転送」されたのかも疑いが残る。院長の野口暁と和田は親しい関係にあった。「置換手術」をするために、元気な「心臓」をあらかじめ依頼していたのではないか、という噂がすぐに飛び交った。不可解な「謎」が次から次へと湧きあがってきた。

しかし、そのような批判も後になってからのことで、発表当初札幌の街は、「日本初の心臓移植」に湧いていた。

もちろん、メディアも例外ではなく、浮かれていたともいえるし、ジャーナリズムの特性として結果的に煽った一面もあったに違いない。

この心臓移植手術を私は取材していない。「週刊朝日」編集部に籍はあったが、すでに先述の「カラー別冊」の準備に入っていた。同じ編集部ではあったが、本誌と別冊の仕事は兼務、重複はしないという、妙な取り決めが労働組合の「職場レベル」でなされていた。

吉村昭が「心臓移植」を朝日新聞で批判

渡辺淳一が手術直前に短篇小説「ダブル・ハート」を発表したのは知っていたが、私はまだ読んではいなかった。勤務先の大学病院も同じという妙な縁もあるもので、もし取材を命じられたのなら、渡辺に会って話を聞けば、面白いのではないかと考えてはいた。そんな無名作家の作品があることを知っている人は、編集部の中でまず見当たらなかった。

レシピエント、ドナー、脳死、インフォームドコンセントなど、現在ではごく当たり前になった医学用語も、この「移植手術」から一般的になったといえる。心臓移植が行われてから約四か月後の一二月に大阪の漢方医らが、和田寿郎を殺人罪で告発した。それよりも前に、検察当局内部でも、「人体実験の疑いがあるから捜査すべし」という意見があった。

他人(ひと)が足を踏み入れてないところに最初の一歩を記す挑戦的で勇気を必要とする行動は、常に蛮行と紙一重の危険を伴うものだ。この「先駆的」な和田心臓移植手術によって、日本の臓器移植は三〇年以上遅れたといわれる。事実、脳死を人の死とする「臓器移植法」が成立したのは、一九九七年のことで、和田手術から三〇年の歳月が経過していた。しかし、ここでは和田心臓移植の問題を検証するのが本旨ではない。

同じ大学の整形外科学教室講師の渡辺淳一に戻りたい。渡辺が作家の道に進むきっかけとなったのが和田移植手術ともいえる。和田と渡辺の間には不思議な糸が絡みついていた。

手術が行われてから、四日後の八月一二日の朝日新聞夕刊文化面に作家の吉村昭は、「心臓移植に思う」と題して寄稿した。見出しはおそらく学芸部で付けたと思われるが、「宗教的・倫理的なものへ　不逞とも見える挑戦」とある。「不逞とも見える挑戦」の方が大きい活字だ。

同じ紙面の下段には、全五段で、週刊誌「女性自身」（光文社・八月一九日号）の広告が載っている。右端に大きく「札幌医大・心臓移植のドラマを詳報」とあり、次の言葉が並んでいる。

「信夫よ、心臓よ、動きつづけて…!!

・息づまる深夜の大手術を誌上中継

・その朝の執刀医・和田教授が妻にした電話

・提供者の遺族と喜ぶ両親と……」

それこそ日本中が札幌医大の心臓移植に「興奮」している様子がうかがえる。

吉村昭は心臓移植手術をテーマにした小説を朝日新聞日曜版に連載するため、世界の「心臓移植手術」を取材していた。世界初の心臓移植手術を執刀した南アフリカのクリスチャン・バーナードに会うため、首を長くして入国許可が下りるのを待っていた。当時の南アフリカはアパルトヘイトが厳然と敷かれ、商社や水産関係など数人の日本人が現地に在住しているだけだった。日本人は「名誉白人」として遇され、公共機関の乗り物では白人席に座れるらしい、といった程度の情報しかなかった。

手術の第一報が入ったその夜、吉村は有楽町の朝日新聞社で行われた札幌の和田寿郎と東京の東大付属病院分院長の林田健男、同大医学部助手近藤芳夫、刑法学者の一橋大学教授の植松正の「和田博士と電話座談会」を傍聴すると、翌朝すぐに札幌へ飛んだ。

吉村の文章の要旨を述べる。重要なことは次の二点だ。

◎医学が進歩し、心臓を単なるポンプとしての臓器に過ぎないと考えるのには多くの疑念がある。今回の手術は日本人の精神的支柱として考えられてきた宗教的、倫理的な死生観に対する不逞な挑戦ではないか。生きのいい心臓を得たいがために、幾分早めに、死の判定を下すのではないかという危惧がある。

◎世界最初の心臓移植手術が南アフリカのケープタウンで行われた理由は、南アフリカは「世界の密室」で、医師たちは社会的な圧力を受けることなく積極的な姿勢を取れたのではないか。アメリカでは社会的圧力があり、「ためらい」があったからではないか。東京にも心臓移植ができる有能な医師がいるのに、唐突に札幌の公立大学で行われたのは、札幌が日本の南アフリカだったからだ。

吉村の文章は、一読して心臓移植を好意的にとらえていないことがわかる。「人種差別」と心臓移植手術とはまったく関係ない、と文中で断ってはいるものの、「札幌は日本の南アフリカ」と言い切るのは、少し乱暴だと思ったのを覚えている。またその時頭に浮かんだのは、渡辺淳一がこの文章を読んでどのような感想を持つのか、ということだった。

吉村昭は終戦直後の一九四七年から四年間の病臥生活を送っている。肺結核に侵され、喀血を繰り返した。町医者の言う通りにひたすら安静を守っていた。当時の結核治療法といえば、特効薬もなく、ドイツで開発された肋骨を切り取る手術しか方法がなかった。

吉村はその外科手術を受けたいと思った。「危険だから止めた方がいい」という兄の意見もあったが、「このままでは死から逃れられないのだから、その手術に賭ける」と言って、四八年に東大病院で五本の肋骨を局部麻酔によって切除した。抗生物質などの新薬が開発された今になってからいえることだが、実に「無用の手術」だった。自身の体験を通して、近代医学そのものに不信感があったのだろうか。

北海道に対する一種の偏見もあったのかもしれない。学習院大学に入学し、同人雑誌で知り合った北原節子（津村節子）と結婚するが、長兄が経営する紡績会社で禄を食んでいた。原糸の見本を持ってメリヤス工場から注文を取るのだが、相手の工場が倒産し、大量の製品を引き受ける羽目になった。厚手のセーターを担いで東北地方から北海道を行商に回ったことがある。根室では警官から強盗と疑われ、職務質問を受けるほどの「流浪の新婚旅行」だった。帰京してから、津村節子が旅の様子を実姉に報告したら、「すぐに別れなさい」と怒られた。

一九五〇年代の道東は、まだまだ未開の地といっても間違いなかった。六〇年代の初めまで、札幌市の繁華街、薄野（すすきの）の道路は舗装もされていない泥道で、荷馬車が我が物顔に走っていた。阿寒湖や層雲峡、洞爺湖近辺の主要観光道路も現在のように整備されているわけではなく、穴ぼこだらけの「洗濯板道路」で、バスの後ろにはもうもうたる砂埃（すなぼこり）が舞った。当時の北海道の未開の風景の印象が、吉村昭にはまだ残っていたのではあるまいか。

日本で初めての心臓移植手術に「成功」した札幌は、一種のお祭り騒ぎだった。そんな興奮状態の中で、吉村の文章はいち早く打ち上げられた「和田批判」の狼煙（のろし）だった。

朝日新聞報道部次長草野眞男を通して吉村昭に反論

渡辺淳一はこの文章を読むや、すばやくしかも鋭敏に反応した。今風の表現を用いるとすれば、「キレた」といってもいいかもしれない。

吉村の文章が掲載されて五日後、移植手術から九日経った八月一七日、同じ朝日新聞夕刊の文化面に、「臨床医学の宿命　不逞の挑戦こそ進歩　吉村昭氏の心臓移植論を読んで」と題して、渡辺の反論が掲載された。文末の肩書は「作家・札幌医大付属病院整形外科講師」とある。異例のことといってもいいだろう。私も、学芸部は格好の人に目を付けたものだと感心した記憶がある。

渡辺淳一が和田寿郎の心臓移植手術実施を知ったのは、出張先の三菱炭鉱大夕張病院だった。出張といっても、札幌から車で二時間ほどの夕張まで三週間に一度ずつ定期的に通って診察をする。病院から正規に派遣された業務だから、貴重な副収入となった。大学病院の専任講師とはいえ、待遇はそんなに恵まれたものではなかった。

渡辺は正直なところ和田が日本で初めて心臓移植を試みるだろうとは予想していたが、こんなに早く踏み切るとは思ってもいなかった。運転して夕張から札幌の大学に戻る車の中で、「快哉を叫びたくなる気分だった」と、当時の心境を説明している。しかし四日後に吉村昭が朝日新聞に寄せた文章を読んで、なんとも不快な気分になった。

「あまりにも医者を馬鹿にしている。札幌を田舎扱いしている」

といきり立った。周囲に聞いてみても、同じような感想をもらす同僚が多かった。

渡辺はすぐに旧知の朝日新聞北海道支社報道部次長の草野眞男に「反論を書かせてください」と頼み込んだ。眞男の正確な読み方は「さなお」だが、周囲から、「しんだん」として親しまれていた。もとは通信部出身で、社会部に移り札幌に異動してくる前は東京の学芸部にいた。学生時代は文学青年だったのか、原田康子や三浦綾子、織物作家の木内綾など道内の作家や文化関係者に顔を広げ、また彼の許に多くの文化人が集まってきた。熊本の出身で、すぐ隣の鹿児島県大口町（現・伊佐市大口）出身の海音寺潮五郎と特に親しかった。

草野が渡辺に会った最初は、同人誌「くりま」に「華やかなる葬礼」を発表した直後で、道内向けの文化欄への原稿を依頼したのだ。一九六四年の一一月だった。わざわざ大学の医局まで訪ねてきた草野に、渡辺は執筆を快く引き受けると、本棚の裏から取り出してきたウイスキーでもてなした。

その後草野は北海道版のカラー特集ページで、人気に陰りが出てきた道南の観光地のルポルタージュの連載を頼んでいる。渡辺の文章に、畳み込むようなスピード感が加われば、特徴である詩感と色彩感がさらに高まるのではないかと、考えたのだ。もしそうなら、草野は新聞記者よりは文芸編集者の才が勝っていたのかもしれない。渡辺が作品を発表するたびに、二人でよく構成や内容について語り合った。

ちょっと寄り道になるが、当時の報道部長は社会部出身の高木四郎で、この人も周囲からは「よろう」と親しげに呼ばれていた。一九五七年の第一次南極観測隊に、共同通信の田英夫(でん)とともに報道記者として同行している。劇作家の飯沢匡(伊沢紀)が、戦後間もなくの「アサヒグラフ」副編集長時代に、「玉石集」という評判のコラムを立案した。世界の著名人にまつわるエピソードに風刺とユーモアの衣をかぶせた短い読物だった。執筆メンバーの一人だった高木の文筆の才に目を付けた飯沢が朝日新聞入社の推薦をしたという逸話が残っている。高木は一九四九年三〇歳で朝日新聞に入社する。

飯沢匡が顧問格となって協力した朝日麦酒のPR誌「ほろにが通信」(一九五〇〜五五)の常連寄稿者の中に、松嶋雄一郎(朝日新聞出版局)や高木の名前を見ることができる。入社直前の「行儀見習い」として、私が「文芸朝日」編集部に預けられていた時の編集長が松嶋で、雑誌作りのイロハを教えてくれた。出版局次長も兼務していた。札幌へ出張するといったら、編集部の先輩が、「高木報道部長にぜひ会うといい」とアドバイスをしてくれた。後に東京本社の社会部長になるが、出版にも理解があり、新聞記者らしからぬ実に温厚な紳士だった。サッポロビールの工場跡地にできた「ビール園」で、ジンギスカンをご馳走してくれた。

北海道は、かつて朝日新聞の発行部数よりも、「週刊朝日」の方が多かったという伝説がある。青函連絡船に積まれ二日遅れて着く東京の全国紙よりも、雑誌に人気があったのだ。その後、ファクシミリによるオフセット印刷が札幌で始まり、東京と札幌の距離は驚異的に短縮された。

後に草野は広島支局や出版局を経て、茨城の茨城放送に出向し水戸を終の棲家(ついすみか)とする。渡辺と私の三人で水戸はもちろん祇園や銀座などで、飲む機会がしばしば生まれるのだが、それはまた後で述べる。

北海道報道部は同じ新聞社といっても、東京の編集局と違い、大部屋で社員の数も少なくどこか文化サロン的な雰囲気があった。渡辺も暇な時は草野を訪ね、将棋盤をはさんで向かい合う間柄になった。大駒をどんどん切って場面の転換を楽しみながら早指しで攻める草野に対して、攻め筋をじっくり読んでやんわりと攻める渡辺は、ポカが少なく負けたことはなかった。


草野が学芸部に交渉して一七日の夕刊に、「吉村昭氏の心臓移植論を読んで」と題して、渡辺の反論が掲載された。

ここも要旨を述べる。
◎心臓移植手術を成しうるのは卓抜した技量と勇気を持つ医師の存在と、最新の設備が条件で、札幌医大を含めて全国ではせいぜい五か所くらいしかない。東京には、医学界の舅や小姑が多い抑圧された医学部しかないが、北海道の札幌医大は医学部という伝統的ななわ張りから比較的自由な雰囲気があり、先進的な冒険が許されたのだ。

いくら歴史が浅く、因習にとらわれない札幌っ子だからといって、心臓移植術を受け、一方で心臓を提供するという生死に関する重要なことをおいそれとは承諾しない。マスコミュニケーションの発達した現代の日本では、地域の差は関係ない。隣人の顔さえ知らない東京の方が、むしろ手術はやりやすいはずだ。
◎医学の進歩のどれをとっても、既成の宗教、倫理への不逞の挑戦でなかったものはない。人体解剖、全身麻酔、産児制限、人工授精など、不逞の挑戦であることが、とりもなおさず医学の進歩だった。
◎死の判定は、難しいことではなく、蘇生可能なものを意識的に殺すことなど、医師の心理として絶対にありえない。死の認定に問題があるかのごとく考えるのは、素人の憶測に過ぎない。
最後に、「心臓移植には高度の技術と、死という科学的で峻厳（しゅんげん）な事実がともなっている」と述べた後、「それだけに一層、私達は平板な感傷や、机上の思いつきだけで論ずるのは避けるべきだと思うのである」と、結ばれている。いささか肩に力が入った文章だが、医学の道を歩む学究の徒の一途な「正義感」が伝わってくる。

渡辺淳一の文章が印刷部数の多い全国区のメディアに掲載された最初である。やはり、それだけ反響は大きかった。四国の医師からは、「医者が人殺しのように思われてはたまらないと感じていた矢先に、あなたの反論を読んで胸が霽（は）れました」という手紙も届いた。

しかし「早すぎる死の認定」について、「私は少しも心配していない」と述べた後で、唐突とも思えるように書いている次の文章が、なんとも気になる。
「問題は医師の握っているこのゆるぎない事実を、家族にいかに誠実に説得し、理解させるかという一点につきるのである」

心臓移植手術直前に書かれた小説「ダブル・ハート」

ここで、「オール讀物」九月号に掲載された渡辺の短篇小説「ダブル・ハート」に触れておかねばならない。くどいようだが、発売されたのが七月二〇日だから、心臓移植の手術直前になる。ほぼ二〇日後の手術を予見していたかのようなタイミングだった。

ダブル・ハートというのは悪い心臓を摘出しないで、そのまま体内に置いておく手術法だ。新しい心臓を隣に置き、血流を迂回させる。二つの心臓を胸の中に入れなくてはならないので、肺が圧迫される欠点があった。

物語の内容をかいつまんで述べる。M医科大学第二外科の、アメリカ帰りでいかにも和田寿郎を彷彿とさせる津野英介教授が心臓移植手術に踏み切る話だ。第二外科教室では、心臓移植手術の準備が極秘に進められるが、どうやら講師の殿村達は津野教授の人事構想から外されたようだ。手術の重要な位置に起用されず、交通事故で脳を損傷し、入院している心臓提供予定者の家族を説得する役目が、患者を診察している殿村に回ってきた。入院患者の家族は乳飲み子を抱えた妻一人で、殿村は気が進まなかったが、教授の「命令」は絶対だった。

心臓の提供を了承すれば、とりもなおさず患者の「死の宣告」を受け入れることになる。きわめて残忍な「手続き」が必要なのだ。この小説は心臓移植のシステムを説明するのが主題ではない。患者の家族から心臓を提供する承諾を取り付ける医師の葛藤にある。そんな「汚れ役」の内面と教授を中心に機能する医局内部の人間関係の複雑な構図をえぐったのが「ダブル・ハート」のテーマだ。七月二二日に掲載された新聞広告にも、「心臓移植をめぐる〝白い巨塔〟の内幕」とある。

掲載された「オール讀物」が病院内に設けられた「記者クラブ」の記者たちの「教科書」として読まれたというのも理解できる。この小説がらみの取材も多かった。しかしわざわざ自分が書いた「ダブル・ハート」の宣伝のために、「家族の説得」を持ちだしたわけではなさそうだ。

それでは、なぜ吉村への「反論」に「家族の説得」を記したのだろうか。反論が掲載されたのは、一七日の夕刊だが、その日の朝刊には、全五段で「週刊新潮」八月二四日号の広告が載っている。右端の「特集1」に「『奇跡的に蘇生』と報道されていた心臓提供者」という大きなコピーが目につく。先に述べた読売新聞の「幻のスクープ」というか「誤報」にスポットを当てていた。渡辺はこの取材を受け、「週刊新潮」の記者とすでに会っていた。

病院内では、手術後すぐに今回の移植手術は「予定の行動」だったのではないか、という噂が広まっていた。当然、渡辺の耳にも入っていたはずで、渡辺の頭の中に、ある疑いの念が生まれたのかもしれない。

しかし、渡辺の「反論」を読んで、誰よりも喜んだのは、和田寿郎その人だった。和田も渡辺も、まだ最新の「週刊新潮」の記事を読んではいない。

渡辺淳一と和田寿郎とは医局が異なる整形外科講師と胸部外科教授の関係だから、直接語りあうほどの面識があったわけではない。渡辺は最初に受けた和田の講義の印象を、二年後の一九七〇年の月刊「文藝春秋」一〇月号に発表したレポートの冒頭で、次のように記している。

〈「人間の中で一番大切な心臓を手術するのが、わが胸部外科です」

私が和田寿郎教授（当時助教授）と初めて逢った医学部三年生の時、彼は例の口をまあるく突き出し、一語一語区切りながら、いかにもアメリカ帰り間もないといった英語的日本語で宣言した。〉

（「心臓移植・和田外科の内幕」『雪の北国から』中公文庫）

一緒に手術も行ったことがあるから、和田も渡辺の顔くらいは知っていただろう。渡辺の「反論」が朝日新聞に掲載されると、すぐに院内で渡辺を見付け、「やあ。いろいろとご活躍で、ありがとう」といって、握手を求めてきた。今やテレビで盛んに取り上げられている「時の人」から声を掛けられたので、悪い気はしなかった。しかし反論を書いたのは、和田のためではなく、あくまでも吉村昭の意見に承服できなかったからだ。そんな正義感が少しばかり胸にわだかまっていた。

二日ほど経って、ふたたび院内で顔を合わせると、和田は「暇なら、宮崎君に会ってみないかい」と渡辺を誘って、宮崎信夫の特別病室に案内してくれた。厳重に監視体制が敷かれ、病室にたどり着くまでに鍵のかかったドアを幾つも開けなくてはならなかった。スタッフたちのいぶかしげな視線を感じたが、和田と一緒だからなんの問題もない。和田がいかに渡辺の反論を喜んだかがわかる。

ベッドの中の宮崎は色白で、長い療養生活の影響か一八歳より二、三歳は幼く見えた。唇は心臓病患者特有の薄い紫色を帯びていた。和田は、「元気になったら、車椅子で屋上へ連れて行ってやるから」と、宮崎を励まし、「その時は報道陣にも公開しますから、先生も見に来てください」と渡辺にほほえみかけた。

日本初の心臓移植には医学的な見地だけでなく生命倫理や法学など広範囲な分野で賛否両論の意見が湧きあがった。「二つの弱った身体から一つの健康な身体を生み出す」と和田寿郎は説明した。

当初は提供を受けた宮崎信夫の容態だけが、詳細に報道された。一方の心臓を提供した山口義政については、名前すらも報道されなかった。発表しなかったのだ。しかし、すぐに名前が割り出され、石狩湾の蘭島海岸で溺れた帰省中の大学生だったことがわかった。読売新聞の記事にあった人物に間違いはない。

大学医学部と附属する病院は、それぞれの医局による「縦割り社会」だ。もちろん他の医局と合同で行う手術もあるし、連携を必要とする治療もある。胸部外科が手掛けた手術について、他の医局が口出しをしないというのが、暗黙の了解だった。別に自慢する理由もないし、批判することもない。

　手術に関するさまざまな疑問の声が病院内で聞かれるようになったが、いずれも「噂」の域を超えるものではなかった。なぜ溺れて意識不明になった患者が、小樽から転院してきたのか。家族は札幌に着くなり、心臓手術をするかも知れないといわれている。意識不明の状態から、「回復の見込みがない」と判断するまでの時間が短すぎたのではないか。一年が経ち、時には二年経ってから意識が回復した実例もある。脳死状態の母親が出産し、生まれた子供が元気に成長しているケースも報告されていた。

　加えて、当日の病院内では大掛かりな手術の準備が事前に進められていたような形跡が認められる。胸部外科の医師たちには禁足令が敷かれ、ベテランの看護婦が招集されていた。宮崎には早くから拒絶反応をやわらげる薬が投与され、日赤北海道血液センターには、宮崎と同じO型の血液二〇〇〇ccが発注されていた。

　心臓の提供を受けた宮崎は、五月二八日札幌医大の第二内科に入院し、七月五日に胸部外科へ転科した。僧房弁を人工弁に置換する必要があるとの所見で、当初診察した第二内科の担当医師の説明では、「それほど重篤な病状ではなかった」という話も聞こえてきた。

　渡辺はだんだんと憂鬱になってきた。どう考えても、提供者の「死亡」の判断が早すぎたのではないかという疑念を拭い去ることができない。となると、吉村昭への反論はどうなるのか。「通常の医師なら死の判断を誤ることなど考えられない」と大見得を切ったばかりではないか。吉村が指摘した「危惧」が現実味を帯びてきたような気がする。

先輩教授への敬称が省略されていた

渡辺が東京から来た新潮社の「週刊新潮」編集部記者、松田宏の取材を受けたのは、そんな迷いの中にいた時である。渡辺が新潮同人誌文学賞を受けたことは、すでに述べた。その文芸誌担当者を通しての依頼だった。東京の文壇の中心に位置する大出版社と札幌在住の新人作家を繋ぐ唯一のパイプだから、決しておろそかにはできない貴重なコネクションである。松田は後に「週刊新潮」の編集長を務め、新潮社の常務になる人物だが、「週刊女性」(主婦と生活社)編集部から「週刊新潮」の契約記者として半年前にスカウトされてきたばかりだった。渡辺は、出来るだけ丁寧にそして真剣に松田の取材に応じた。院内では誰かに聞かれるおそれもあったから、わざわざ自宅に招いて話をした。それだけ慎重の上にも慎重を期したつもりだった。当初は、「人類の未来を拓く画期的な手術」と考えていた渡辺だが、時間の経過と手術の実相が明らかになるにつれ、「独善的な部分もあったのではないか」と思わざるを得なくなってきた。

「週刊新潮」の記事は五ページあり、前の半分は、例の読売新聞の「幻のスクープ」の紹介だった。救急車で小樽の欄島海岸から市内の野口病院へ搬送する途中に急ブレーキがかかった際、強圧人工呼吸を施していた救急隊員の手に力が入り、鼓動が再び活発になった。その後の処置を検証し、死の判定に疑義を呈している。和田寿郎と院長の野口暁の関係にも触れ、「すべてができすぎてる」という北大医学部教授(匿名)の談話が掲載されていた。記事の中の「小見出し」を見ても、〈「和田さんは網を張っていた?」〉とか〈山口君の〝死〟は決定的か〉、〈その演出・宣伝は世界的…〉とあり、記事の流れは、一貫して「アンチ和田」のトーンで進められている。

記事の後段に渡辺淳一が登場している。重要な箇所なので、引用しておきたい。

〈和田氏と同じ札幌医科大学の講師渡辺淳一氏が解説した。

「今日の和田は、幾人か死んだ人の上に築かれた和田ということですよ。まあ、医学の進歩にはそういう犠牲といっちゃ悪いが、それはつきものなんですね。だから、和田個人にはずいぶん不満を持っている人が多いんじゃないかなあ。日本の外科医学界というところは、優秀なヤツがいい手術をやったからといって偉くなるものじゃない。だから、今回の手術で、和田の日本外科医学界での地位が上がるもんでもないでしょ。第一、和田は、いまの日本の医学界の主流、東大、ドイツ医学系に反抗する面が強すぎるんです」

そして、いきおい、和田教授は「ジャーナリズムの活用が上手になり、経営者的になり、演出家になり、結局、今度の手術の報道でも、マスコミを存分に振り回している」というのである。〉

(「週刊新潮」一九六八年八月二四日号)

驚いたのは渡辺淳一だ。和田教授(「先生」だったかもしれないし、「さん」だったかもしれないが)と言ったのにもかかわらず、すべて呼び捨てになっているではないか。渡辺は、自分より目上の人を呼び捨てにするような人では決してない。川端康成や谷崎潤一郎、三島由紀夫を川端、谷崎、三島と敬称を付けないで呼ぶのとは違う。同じ病院の先輩医師であると同時に、実際に講義も受けた正真正銘の「先生」である。記事に目を通した瞬間、顔はおそらく「真っ青」で、頭の中は

「真っ白」になったに違いない。

引用した最後の二行も、記事の流れからすると、主語は省略されてはいるものの、渡辺の話として読むのが素直だろう。渡辺が話した内容の多くが割愛され、編集部に都合の良いところだけを摘み取られたという怒りと悔悟が渡辺の胸にこみ上げてきた。「オフレコ」にしてほしい、と条件を付ける手もあっただろうし、あるいは「匿名」で出所（ネタ元）をぼやかすこともできたはずだ。メディアの取材にも慣れていないから、そんな知恵も湧いてこなかった。まだ、それだけの世故には長けていなかった。マスコミの影響力の大きさを嫌というほど感じた。渡辺は困惑と焦燥に駆られたはずである。

「こうなったら、もう大学病院に居ることはできない」

大げさではなく、真底そう思った。

危惧したとおり、この記事の反応は即座に現れた。どうも院内で自分を見る人の視線に棘がでてきたように感じられる。気のせいだけではなさそうだった。

「小説心臓移植」の執筆依頼

秋のお彼岸を過ぎたあたりから、宮崎信夫の病状が悪化した。食欲不振に血清肝炎の症状があり、意識が混濁してきた。拒絶反応が起きていることは明らかだった。渡辺淳一の気分は、相変わらず鬱々としていた。学内の講師という立場にありながら、小説を書いているという中途半端な姿勢は安定感を欠き、なかなか仕事に集中できなかった。みんなが自分に対して鎧を付けているような気がする。何か書かれてしまうのではないかという目に見えない「予防線」を張っているのだ。「移植反対派」と見られていたが、心臓移植そのものに反対なわけではない。心臓を提供した山口義政の「死の判定」が早すぎたのではないかという疑問が頭の中から消えないだけだ。地元のラジオ局や多くのジャーナリズムから意見を求められ、原稿の依頼もあったが、なるべく沈黙を守り依頼の多くは断った。本務以外に、余計な摩擦を生じさせたくなかったからだ。

一九六八年一〇月二九日午後一時二〇分に宮崎信夫は死亡した。和田寿郎は、「死因は急性呼吸不全」と記者会見で発表した。「偶然の小さな不運が重なり、死があっという間に訪れた。拒否反応とは無関係」と付け加えた。和田が「二つの死から一つの生を」と胸を張った日から、八三日間の命だった。気がついてみれば、「二つの死から生まれたのは二つの死」だった。残酷な見方をすれば、「二つの生から二つの死を生み出した」と言えなくもない。

朝日新聞は夕刊の一面で、「心臓移植の宮崎君死ぬ」と報じた。和田は記者会見の席上、涙を見せ、「今後も機会があれば心臓移植をしなければならない」と気丈にも断言している。八三日という時間が長いのか、短いのかは人それぞれの判断によって異なるのは当然だった。

施術した当事者たちは、日本で初めての心臓移植として、「成功」だったと胸を張るだろうが、一般の多くの人たちは、「病院おおう失望と落胆」(朝日新聞見出し)と感じたはずだ。宮崎はもちろん、心臓を提供した山口の家族も、「もう少し生きてほしかった」との思いを抱くのは、ごく当然の感情だった。

渡辺のもとに、文藝春秋の「オール讀物」から編集者がすっ飛んできた。一連の「移植問題」を小説にして発表しないかという依頼だった。文藝春秋と言えば、芥川賞と直木賞の実質的な主催社だ。しかも、書いてくれれば必ず載せるという。ページを空けて待っているし、表紙にも刷り込みたい、などと新人作家にとっては夢のような言葉を並べたてた。

当時の中間小説誌にすれば、破格の扱いである。新人作家の場合、多くは原稿を預かってもらえればよい方で、いつ掲載されるとの確約もないまま、長く放って置かれた挙げ句に返されるのが関の山だ。有名作家の原稿が「落ちた」（締め切りに間に合わなかった）時の予備原稿の扱いで、載せてもらえれば僥倖というべきだった。

渡辺淳一は、医師である自分がこのテーマを作品にして発表するのなら、事実に重きを置いたドキュメンタリーかあるいはノンフィクション小説として書くべきだと考えていた。執筆意欲をかき立てられるテーマであることは間違いない。そのための資料も自分なりに集めていた。胸部外科には同期の友達も多い。

しかし当該患者が亡くなった直後に、医局内部のことを書くのだから、さまざまな難関と弊害が予想された。日本中が注視している生々しい事件をテーマにすれば、話題性にすがるだけで、文学とはほど遠い、一発だけの事件小説かモデル小説に堕ちてしまう。東京から駆けつけてきた編集者は、「あなたにしか書けないテーマで、あなたが書かなかったら他の作家が必ず小説にしますよ」と追い打ちをかけた。

「内容は自由に書いてかまわない。枚数が長くなれば、上、下と二回にするのも可能だ」といい、タイトルとして、「小説心臓移植」を提示した。「フィクションとして書けば、問題は起こらない」とも付け加えた。

表紙にまで刷り込む、とまで言われたのには、予想される障害を忘れさせるほどの魅力があった。無名の新人作家にとっては、願ってもない機会である。札幌の同人誌の仲間たちに、自慢したくなるような誇らしげな気持ちが高揚してきた。全国放送の「歌番組」に出演が決まり、東京渋谷のＮＨＫホールの舞台に立つ新人歌手のような気分だったろう。

全国紙の広告に載った自分の名前の値段

ここで中間小説誌について触れておきたい。勘の鋭い方なら、すでに気が付かれているはずだが、毎月の発売日と発行月がふた月ずれている。繰り返しになるが、「ダブル・ハート」が掲載された「オール讀物」は心臓移植手術が行われた約二〇日前の七月二〇日に発売されている。しかし号数は九月号となっている。現在なら、翌月の八月号のはずである。戦争直後の紙不足の影響などで、雑誌の販売競争が激化し、先取り、先取りの繰り返しで早まったものだろう。戦後間もなく「少年クラブ」(講談社)、「少年」(光文社)の時代には、「発売月調整号」を出して解決したことがある。発売日を待ちかねて、本屋に駆け付けた私の記憶だ。中間小説誌の混乱は八八年まで続き、八八年暮れの一二月発売を八九年一月号として調整した。当時の広告には、「次号一月二一日発売は二月号です」という文言がある。折しも昭和から平成へと改元された年だ。

各誌とも毎月の二〇日前後が発売日だから、一〇日あたりまでに原稿を印刷所に入れなくてはならない。一日でも早く原稿を入手したい編集者がサバを読んで締切日を繰り上げて設定しても、作家は先刻ご承知だから、なかなか思惑通りにはいかない。「一四日までは絶対に大丈夫」、とか、「俺は一六日だった」などと情報だか自慢話だかわからないような話が入り乱れていた。昨今は作家も編集者もサラリーマン化し、管理社会に置かれているから、一昔前のようにはちゃめちゃな「締切りドタバタ劇場」は少なくなった。

中間小説誌のご三家、と言われるのが、創刊順に「オール讀物」（文藝春秋）、「小説新潮」（新潮社）、「小説現代」（講談社）の三誌で、直木賞路線と考えると話がわかりやすい。それに対して、「文學界」（文藝春秋）、「新潮」（新潮社）、「群像」（講談社）の三誌は芥川賞路線で純文学を志向する。河出書房新社の「文藝」は、季刊誌となった。後発ではあるが、集英社も「すばる」と「小説すばる」で参入している。

渡辺は六五年に新潮同人雑誌賞を受賞し、授賞式で選考委員だった伊藤整を紹介された。選考委員は伊藤の他に大岡昇平、尾崎一雄、三島由紀夫、安岡章太郎らだった。伊藤は松前に生まれ小樽で学んでいる。同郷ということもあり、何かと目を掛けてくれた。授賞式の後、伊藤に連れられて銀座のクラブに初めて顔を出すことができた。丹羽文雄や吉行淳之介が隣に座っているので、緊張し女性と会話するどころではなかった。

同人誌「くりま」で書いている小説は、明らかに純文学路線である。文学を純文学と大衆文学に色分けすることには、あまり意味がない。しかし渡辺はどうしても「文学」と「読み物・娯楽」という二つの分野があるように思われてならなかった。

後日上京し、伊藤整の家を訪れた渡辺は、「小説誌」に書いていいものかどうか、を相談した。

「注文が来たら、どんどん書きなさい。そういう雑誌に書けば、新聞広告にあなたの名前を出してくれるでしょう。その名前のためにいくら費用がかかっているか、わかりますか？　雑誌を選んで迷っているうちに、書かなければすぐに忘れられてしまいますよ」

と簡潔明瞭に説明を受けた。渡辺はそれまで新聞広告の値段なんて考えてみたことも無かった。迷った末に渡辺は、中間小説誌の隆盛時代に乗って創刊された「小説宝石」（光文社）と「小説エース」（季刊・小学館）に短篇小説を寄稿している。

渡辺はその頃親しい人に、「現代の小説家は、純文学だけでは立っていけない。僕は、中間小説も大いに書いていくつもりだ」と話している。なぜ、それほど「中間小説」に抵抗感があったのか。渡辺の気持ちを忖度（そんたく）するに、エリート医師としての矜持（きょうじ）をかなぐり捨てることができなかったような気がする。講師から助教授、教授へと大学病院のエリートコースの階段を登りつめていくには、通俗的な読み物小説はそぐわない、と考えていたのではあるまいか。この時期、渡辺にとって本業はあくまでも「医学」であって、文学は副業にも及ばない余技にすぎなかった。

「心臓移植」について書くことを決めた渡辺は、翌日から懸命になって自宅で原稿用紙と向かい合った。一一月の五日に一二〇枚の原稿を書き上げ、速達書留の郵便で東京へ送った。たった数日で、これだけの量の原稿を書いたのは初めてだった。心臓病に苦しむ少年が心臓移植手術を受け、車椅子で屋上から札幌の景色を眺めるまでを上篇とした。すぐにゲラ（校正紙）が送られてきた。一一月二二日に「オール讀物」六九年一月号（新年特別号）が全国の書店と鉄道の駅売店に並んだ。宮崎の死後、まだひと月も経っていなかった。

二二日の各紙に掲載された広告を見ると、大きな文字で、「生体実験か人命救助か？　心臓剔出をめぐる苦悩と決断」とあり、脇に「海で溺れた青年が大学病院の高圧酸素室を経て心臓提供者となる迄」と惹句が記されている。タイトルの「小説心臓移植」は目立つように墨ベタ白抜きで、渡辺淳一の文字は梶山季之の次に大きく、近藤啓太郎、池波正太郎、戸川昌子と同じ大きさだった。さし絵は田代光（後の素魁）。和田を彷彿とさせる手術中の医師が描かれている。もちろん田代は当時のさし絵画家としては、一流中の超一流だ。新人作家を売り出すときに、大物のさし絵画家を起用するのが当時の常道だった。

札幌には冬の訪れの足音が聞えてきた。渡辺淳一の「小説心臓移植」は、取材する全国紙の札幌駐在記者と高校の同級生だった病院看護婦を登場させ、あくまでも「フィクション」であることに気を配った。

ともかく書き終わった渡辺に、掲載誌を眺め陶酔している暇はなかった。すぐに第二部を書かなくてはいけない。創作としてのフィクションの部分と、実際に行われた手術のドキュメンタリー部分をどう融合させるかが、最も難しい問題だった。同じ病院に勤務する医師の立場から、移植手術のドキュメンタリーは正確に表現しておきたかった。しかもドラマとしての起伏と奥行きも求められる。

一方学内で、渡辺はますます微妙な立場に追いやられていった。考えられる理由は二つある。発表した小説は一種の内部告発だが、ジャーナリズムを巻き込んだ「文学作品」というスタイルが、保守的な大学病院の風土になじまなかった。ジャーナリズムとアカデミズムは相対する概念で、本来両立するものではない。

もう一点。渡辺が現職の医科大学講師であり、組織を構成する主要な一員であることにも問題があった。確かに学内の麻酔科や内科、病理の教室を中心に、「今回の移植手術はやり過ぎ」と批判する声があるのは事実だった。しかしそれを内部の人間が外部に発表するとなると、また別の問題が生じる。組織としての統制が取れなくなるという論理だ。

当時の渡辺淳一の心象風景を知るのに格好の小説が「白夜」だ。長編自伝小説といってよい。「中央公論」（月刊）に、一九七六年八月号から八七年八月号まで実に一一年間の長きにわたって断続的に連載された。中央公論社（現・中央公論新社）から単行本として、「彷徨の章」、「朝霧の章」、「青芝の章」、「緑陰の章」、「野分の章」の五巻が出版され、後に、中公文庫、新潮文庫、ポプラ文庫に収録された。全編が主人公、高村伸夫の一人称で述べられていくが、高村は渡辺と等身大の同一人物と考えていい。描かれている時代は、直木賞を目指して、医学の道から文学の道へ、大きく舵を切るまでだ。担当は、後にテレビのキャスターも務めた水口義朗で、齢は渡辺よりも一つ下の一九三四年生まれだった。

当然、「小説心臓移植」執筆のくだりも出てくる。和田寿郎は渡瀬教授として登場する。執筆を逡巡する渡辺の背中を押したのは、編集者からの「次の号の柱となる作品だから、表紙に刷り込む」という言葉だった。送られてきた「オール讀物」一月号を見た時の感慨を『白夜Ⅴ　野分の章』から借りる。

〈表紙には「今月の問題作」と銘打たれ、心臓移植のタイトルとともに、伸夫の名前が記されていた。

その表紙を見た途端、伸夫は心臓が高鳴り、目頭が熱くなった。

よくぞ書いた、という思いとともに、その努力がこういう形で報われたことに大きな充足感を覚えた。〉（中央公論社）

しかし、実際の掲載誌を見てみると、表紙に渡辺の名前はない。それはそうだろう。表紙の締め切りは本文よりもかなり早いし、しかもカラー印刷だ。もし刷り込んで、原稿が間に合わなかったら、大変なことになる。大げさにいえば、「偽装表示」であり「誇大広告」となる。刷り直すとなると、費用が掛かるし発売が遅れるかもしれない。なんといっても相手は、まだ新人作家だ。原稿が入ったとしても、内容に不備があるかもしれないし、作品の出来栄えが小説誌に掲載できる水準に達してない場合も考えなくてはならない。編集部にしてみれば、とても怖くて表紙には刷り込めなかったに違いない。

渡辺が、「白夜」のなかで、なぜ「表紙に刷り込まれた」という虚偽のエピソードを記したのか、今となれば謎のままだ。思い違いかもしれないし、小説作法としての「演出」だったのだろうか。作品は翌年に直木賞の候補作となるが、受賞には至らなかった。その経緯はまた後で触れる。

なお余談だが、「白夜」で、渡辺淳一と等身大の高村伸夫という名前の、「伸夫」は、心臓移植手術を受けた宮崎信夫の「信夫」から採った。鎮魂の意を込め、医師としての驕りを自戒するためもあった。それほどに「和田心臓移植手術」は渡辺淳一の人生の転換点となる出来事だった。

この「小説心臓移植」で渡辺淳一の名前は東京の編集者の中で認知されたといってもいい。「医学ものなら、面白い作品が書けそうだ」という定評を得た。もし、作家としての道を歩むとすれば、大きなチャンスと考えられた。

第二章　波紋を広げた「小説心臓移植」の発表

医学か、文学か

小説を発表したのは間違いだったのか、つい考え込んでしまい、原稿用紙に向かう気力もなかなか生まれてこない。整形外科の主任教授の河邨文一郎から教授室に呼ばれた。河邨文一郎と聞いても、ほとんどの人は知らないだろうが、一九七二年に開催された札幌の冬季オリンピックのテーマソング「虹と雪のバラード」の作詞者といえば、わかる人がいるかもしれない。村井邦彦が作曲し、トワ・エ・モアが歌った。現在でも、札幌を代表する歌の一つとして「さっぽろ雪まつり」の会場でも流され、市内の大倉山ジャンプ競技場には立派な詩碑がある。文学にも通じた医学者で、渡辺が最も敬愛、信頼している直属の「上司」だ。渡辺夫妻の媒酌人でもあった。

札幌医科大学整形外科主任教授の河邨は渡辺淳一に向かって、「いやしくも人を傷つけるごとき文学であるならば、男子一生の仕事とするには値しない」といいわたした。

渡辺は、「人を傷つけない小説なんて、ありえるのだろうか」、という疑問が頭の中を一瞬よぎったが、「すみませんでした」と頭を下げた。

同じ外科系の医師として新しい分野に意欲的に挑戦していく胸部外科の和田寿郎に、河郁が共感を覚えているのは、渡辺にもわかっていた。しかし、河郁は心臓移植の知らせを聞いて、「思い切ったことをやったものだねえ」と驚嘆してから、手術についてはひと言も発していなかった。渡辺は、「河郁も今回の手術について納得はしていない」と思い込んでいた。

移植手術の疑問点を述べれば、とりもなおさず和田を「告発」することになる。渡辺の「和田批判」について、河郁はあまり快く思っていないことがわかった。小説の内容についての批判ではないだけに、渡辺の心は晴れなかった。手術の記録性に重ねて医学の倫理をも追究するといいながら、世に出た作品は、「日本初の心臓移植手術」というセンセーショナルな出来事にかこつけた興味本位の事件小説と決めつけられたことになる。モデルを傷つけるような小説よりも、自分を傷つける小説を書け、といわれているのだ。

すこし時間をさかのぼって、渡辺の学生時代に触れておきたい。渡辺が、整形外科学を専攻した理由の一つに、主任教授が河郁文一郎だったこともある。この先生の下でならば、「小説を書いていても叱られることはない」と、多少打算というか厚かましさと甘えがあったのかもしれない。内科よりは外科で、比較的論理的で明快な科として、整形外科を選んだ。「生来、手先があまり器用ではないので、微妙な手先の感覚を必要としないから」と、私に漏らしたことがあった。

さらにさかのぼれば、北大の教養課程を終えた段階で、渡辺は京都大学の哲学科を受験している。母親は「哲学では食っていけない」と強く反対し、医学の道を勧めた。幸か不幸か、京大の受験は失敗し、札幌医科大学に進学した経緯があった。

渡辺は、「P［32］による移植骨燐代謝の実験的研究」という論文で、博士号を取得している。鉱物の分析に用いるエックス線解析法を骨に応用するというアイディアだ。ウサギにアイソトープを注入し、データを収集した。同じ骨でも、皮質と海綿質では異なるパターンが現れる。子どもと成人や老人によっても、それぞれ異なる結果が得られた。移植骨や保存骨の研究に結び付く斬新な実験だった。医学部に限らず、大学院博士課程修了時に、博士の学位を取得するのは誰にでも出来ることではない。もちろん同期の中でも少なかった。博士課程を終えた翌年の一九六四年に整形外科学教室の助手となった。無給の医師から大学病院の職員となったのだ。

河邨は一九三七年、北海道大学の予科在籍中に東京に金子光晴を訪ねて知遇を得る。交友は戦後も続き、北海道へ招いて講演会を開いたりした。この時は渡辺も手伝っている。山本太郎、田村隆一、更科源蔵等、多くの詩人たちとも交友が深く、詩人としても北海道では知られた存在だった。詩誌「核の会」を主宰し、詩集も多く出している。若い時に文学を志したが、家庭の事情などから科学者へと人生の航路図を変更せざるを得なかった苦い思いがあった。

医学の面では、北海道立札幌整肢学院の初代院長を勤め、北海道の「肢体不自由児の父」といわれる。渡辺も札幌整肢学院の医療課長として勤務したことがあり、そのときの経験は初期の短篇「霙（みぞれ）」（直木賞候補作）や長篇「神々の夕映え」に反映されている。

河郄は講師に抜擢した渡辺を、どのように見ていたのか。

〈決してガリ勉タイプの学生ではなかった。正直にいって、取り立てていうほどの勉強家ではなかったといえる。〉

と記し、次のように続ける。

〈学者というものは、専門知識を十分もつべきことは当然だが、もっと大切なことは知識を自由に活用できる人物でなければならないということだ。さらに大切であることは、その知識を土台にして、独創をなしうる人物であるということである。渡辺君が独創をなしうるかいなかはやらせてみなければ分らないが、しかし彼が確かにもっている物事の中核をすばやく見ぬく天分に僕は賭けた。〉

（『河郄文一郎　わが交友録』まんてん社）

札幌医大で心臓移植が行われてから三か月ほどで、渡辺は「オール讀物」に「小説心臓移植」（第一部）を発表した。第二部は「八十三日間の鼓動」と題名が変わり、「小説・心臓移植第二部」と小さく脇見出しがついた。それ以来、講師である渡辺を見る周囲の雰囲気がさらにおかしくなってきた。指導教授の河郄は渡辺の「小説心臓移植」は、渡辺を有名にしたが、その一方で「和田寿郎を傷つけ、悲しませた」と考えていた。

〈札幌医大内部から「取材」した詳細な情報は、読者によってそのまま事実として受け取られたかもしれない。推理小説――むしろ暴露記事的なこの小説の組み立てと、歯切れのよい描写と筋の運びがそれに拍車をかけた。これらは作家渡辺淳一の筆力を世に知らしめる反面、和田教授らを苦しめた。〉

（前掲書）

渡辺が執筆前に抱いた危惧は、解消されないまま現実のものとなった。振り上げられ、自分自身に向けられていた。三〇歳で医局に入ってからわずか二年しか経っていない渡辺を、河邨は講師に抜擢してくれた。講師から上がスタッフと呼ばれ、実質的な教官で医局の幹部となる。大学病院のエリート階段を昇る最初の一歩だった。どうもがいてみても、河邨には頭が上がらない。文学にも理解がある指導教授から、「暴露記事的」と決めつけられたのは、ショックだった。学内でのエリート階段を踏み外したわけではないが、踊り場でもないところで一休止している状態のような気がする。

確かに中間小説誌などから、小説の執筆依頼が増えてきた。しかし、とてもそれだけでは生活できない。立派な作品を世に発表し、直木賞か芥川賞を取ってから大学を去りたいものだと「白日夢」のように考えていた。

母ミドリの勧めで結婚する

優秀な成績に加えて、育ちの良さからくる「甘えっこ」の性分と適度の不良性が女性の心をくすぐるらしく、渡辺はよく女性から好意を寄せられた。大学院生時代には、有能な看護婦の内田理恵（仮名＝日本経済新聞「私の履歴書」。角川書店『告白的恋愛論』では、真由美）と親しくなった。回診の時も事前に患者の容態などを調べておいてくれるし、要領が良いので、つい安心して頼りにしてしまう。整形外科では誰一人知らない者はない関係だった。彼女が休むと、他の看護婦から、「内田さんのように上手にできませんけれども、よろしいでしょうか」などと嫌味をいわれる。そのうち彼女は妊娠した。堕ろすように懇願する渡辺に、内田は「どうしても産みたい」といって、なかなか首を縦に振らなかった。彼女がしぶしぶと納得し、個人病院の扉を開けるまでには、すさまじい無間の地獄が繰り広げられた。

内田は、何をしでかすかわからない怖さを抱いて病院から帰ってきた。「堕ろした子を、あなたの家に送る」とか、「貰ってきた髪の毛を見せようか」などと言って、今にも取り出そうとする。不安と怯えにさいなまれながら、次第に彼女との距離を広げていった。自分から離れようとすると、その分だけ彼女は追い掛けてくる。自分自身の負い目もあったし、日を追って強さを増していく彼女に疲れ始めたのも事実だった。

ある日、河郁から自宅に呼ばれ、夫人から「内田さんのことはどうなさるのですか」と尋ねられた。内田は、かつて婦長だった夫人に渡辺のことを縷々訴えたらしい。「どうなさるのですか」と尋かれても、答えなんかあるはずはない。時間が経てば、解決するとは思うが、彼女は受け入れないだろう。「もう、会う気はないのですね」という夫人の言葉に、黙ってうなずくほかなかった。

半年余りたって、彼女は別の医局に異動となった。はたして彼女が希望したのかどうか、知る由もない。いつしか彼女のほうからは、何も連絡してこなくなった。安堵と寂寥を感じながら、「再び会ってはいけない」と自分に強く言い聞かせていた。渡辺が大学院を卒業するのを待っていたかのように、彼女は札幌を離れて他の大学病院に移ったという噂が聞こえてきた。

三〇歳になった渡辺は、「そろそろ結婚しなくては……」と思っていたが、身の周りを見渡しても、「ぜがひでも結婚したい女性」はいなかった。母ミドリの「淳一の嫁は私が決めます」という決意を、ひしひしと感じるし、仮に自分の意中の人が存在したとしても、彼女を母に認めさせるのは至難の技だった。例えば内田理恵も候補の一人となるのだが、母が認める可能性は毫もなかった。

他にも結婚の相手として、薄野のクラブに勤めている女性も浮かんだ。渡辺より二つ下で、子どもを一人連れている。別に結婚を求められているわけではないが、それだけにかえって惹かれるものがあった。母親も彼女の存在は承知していたし、自宅にも来たことがある。しかし母が嫁として迎え入れるとは考えられなかった。勇気を出して自分からいい出したとしても、答えは火を見るより明らかだった。

一九六四年の秋、渡辺は母親が勧めた「お見合い」によって堀内敏子と結婚した。敏子と会ってみると、「この女性とならば一緒に暮らしてもあんまり疲れず、のんびりできるのではないか」と考えた。結局、母親の「あんたのようにふらふらしている人は、こういう人が良いのよ」という言葉を素直に受け入れたことになる。

敏子の父親堀内利圀（としくに）は、北大を出た医師で、江別にある北日本製紙附属病院の院長だった。生まれ育った家は小樽の塩谷で盛んだった網元である。渡辺は義父となる利圀と話がよく合った。不思議な縁だが、利圀と伊藤整とは幼なじみだった。

医者が医者の娘と結婚する例は多い。医者の世界では、最も「無難」と考えられていた。その上、母親の強い意向によって選ばれた女性と結婚するのでは、あまりにも主体性がないではないか。もう少し大胆に独自の道を切り開いていくべきではないのか。あまりにも型通りの平凡な結婚に忸怩たるものがあったのは、想像に難くない。渡辺が選んだ路は安定して平穏ではあるが、まさに無難で凡庸な道だった。仲人は迷うことなく、指導教授の河邨文一郎夫妻にお願いした。

披露宴は札幌パークホテルで行われた。当日、河邨は受付に現れると、スタッフに、「怪しいお祝い品はないか、よく調べるように」と注意を促した。さらに渡辺によれば、新郎新婦入場の際には、会場まで先頭を歩かされたという。「廊下の曲がり角では、いったん立ち止まって左右を確認しなさい」と、小学生が横断歩道を渡るような注意を受けた。途中で何者かが飛び出してきて、劇薬でも掛けられはしないかと、案じていたのだろう。

河邨文一郎の証言はちょっと違う。

〈彼が無事に結婚式を終えて式場からホテルの廊下へ出てきたとき、仲人をつとめた僕の家内は、ほっとして思わず涙ぐんだほどだった。その話が医局の忘年会の席で出たとき、僕が、

「本当だ、僕だってあの時はほっとしたんだ。横合いから誰か女性が飛び出して、渡辺君を刺しでもしないかと、内心心配していたよ」

とからかうと、彼はすかさず、

「そのときは、パッと教授のかげにかくれるつもりでしたよ。先生を楯にネ」

といいかえし、そこで満座の爆笑、という順序になる。〉

（『河邨文一郎　わが交友録』）

とにもかくにも、心配された結婚式も無事に終わり、また忙しい大学病院の生活に戻った。内田理恵が別の医師と結婚したという噂が流れてきたのは、翌年の春だった。

結婚はしたものの、渡辺の女性に対する執着の炎は消えるどころか、ますます燃え盛っていったといってもいい。

東京の作家たちは、「早く出てこい」といった

郷土の先輩、船山馨の紹介で知り合った河出書房新社の編集者、川西政明はなにかと励ましてくれる。川西には、荻野吟子を題材に長篇小説を書くと話してある。荻野吟子は日本人で初めて国家資格を持った女性医師で、北海道とも縁があった。

渡辺は、河邨に地方の病院勤務を願い出た。「長いものを書きたい」という理由の裏に深刻な懊悩を察知した河邨は、渡辺の「わがまま」をあっさりと認めてくれた。管理職としての温情からか、渡辺の職位は現役の講師のまま、という異例の処遇であった。厚遇といっていい。病院内で置かれている微妙な立場を理解したのだろう。この異動はあくまでも渡辺からの希望であったが、「教授が地方に追放した懲罰人事」などと、心ない記事がローカルメディアに載ったのには、河邨自身が驚き、呆れもした。

札幌から車で二時間の三菱炭鉱大夕張病院に火曜日から木曜日まで勤務し、月曜の総回診と金曜のカンファレンス抄読会の時だけは大学に戻る。大学に居るのとは、くらべものにならないほ

ど自由な時間が生まれた。しかし、取り掛かった長篇小説の執筆に没頭したか、といわれると、そうでもなかった。麻雀や碁に誘われれば、つい応じてしまう。

異例の人事について不審に感じる同僚たちもいた。別の医局の同期生から、「お前、そんなところで何してるんよ。もう診てはくれないのか？」と電話が掛かってくる。診察はできるのだが、診察室が無いので、自分の机の脇で診察するしかない。講師のポストを返上するのも一つの案だが、そこまでは踏ん切れない。今のままだと二兎を追って、一兎も得ない事態も予想される。

年が明け、一九六九年一月の末に渡辺は上京し、河出書房の川西政明に会い、銀座のクラブで先輩作家と一緒になった。名前と顔を知っていてもほとんどが初めて会う作家だった。川西の紹介で、「渡辺淳一です」と挨拶すると、すぐにわかってくれるのがうれしかった。「東京へ出て、作家専業になるつもりです」というと、多くの人が、「それはいい」と賛成してくれた。

また有馬頼義が主宰する若手作家の勉強会「石の会」に入会することにした。講談社の大村彦次郎が有馬に推薦した。五木寛之、色川武大、後藤明生、早乙女貢、高井有一、高橋昌男、立松和平、佃實夫などが顔をそろえていた。すでに五木寛之は「蒼ざめた馬を見よ」で直木賞を受賞し、高井有一は、渡辺の「死化粧」が芥川賞候補になった回に「北の河」で受賞していた。最年少の立松和平はまだ早稲田の学生で、有馬家の書生として二人の息子の家庭教師も務め、事務局役だった。

一月三一日、「石の会」の例会が「早乙女貢さんの直木賞を祝う会」として、西荻窪のレストラン「こけし屋」で開かれた。前年の一〇月に「石の会」が正式に発足している。第四回の例会だった。早乙女は、いつもとっくりのセーターを着用しているのに、その日はネクタイを締めていた。祝辞めいたことは誰もしゃべらず、早乙女もあまりうれしそうな表情も見せずに落ち着いていた。早乙女が挨拶したのに、誰も拍手しなかったのが、渡辺には衝撃だった。拍手しようとした手を慌ててテーブルの下に戻した。

〈同じ「石の会」のメンバーといっても、所詮、お互いライバル同士で、抜きつ抜かれつしている仲である。そこから一人駆け抜けて栄光のゴールに飛び込んだからといって、「おめでとう」といって拍手をする気には到底なれない。彼が受賞したということは、とりもなおさず、ここにいる者はみな彼に負けたということである。〉

（『何処へ』新潮文庫）

渡辺は早乙女の「受賞して当然」といわんばかりの平然とした様子に驚き、会員たちが、内心では「早乙女より自分の方が上だ」と対抗心をあからさまに燃やしているのにも爽やかな感動を覚えた。

「石の会」発足時に渡辺と会った有馬頼義は、渡辺が医学部内で微妙な立場に置かれていることを察し、「早く東京に来させないといかんな」と考えていた。渡辺が春には大学を辞める気持ちを説明すると、有馬は、「とりあえず、ぼくのアパートを使いなさい」と言ってくれた。すかさず有馬夫人の千代子は、「あれは、あなたのものではなく、わたしのものです。わたしの名義で登記されています」と、ぴしゃりといった。別に渡辺に冷たく当たったわけではない。まだ子どもが小さく仕事場を借りていた有馬は、そこに女性編集者を泊まらせることもあったので、千代子が「いざというとき何かの役に立てば」と、自分の立場を考えて建てたのだ。その女性は後に高名なノンフィクション作家となる。

千代子は、「家の食器でいいなら、貸してあげる」とまでいってくれた。東京の右も左もわからない渡辺にとって、住めるところが決まっただけでも、背中を強く押された支援の手だった。

一週間ほどたって、指導教授の河邨に「大学を辞めて東京へ行きます」と告げた。河邨から年齢を聞かれたので、「三五です」と答えると、「羨ましいね。私も若い時には医者ではなく、文学を目指したのだが、父親が亡くなり、詩では食えないから、医者になった。やるなら、思い切ってやりたまえ」といって、握手を求めてきた。

渡辺の回想によると、「もし、医者をやりたくなったら、いつでも帰ってきなさい」といわれたとある。しかし、河邨の文章を読むと、少しニュアンスが違ってくる。

「失敗の恐れもありますが、いま逃したら、一生悔やむことになるかもしれません。しかしもし作家として食えなくなったら、先生、また僕の面倒をみてくれますか?」と渡辺がいうので、「心細い決心だね、逃げ道を作っておいて戦場へ出るのかい。いいとも、いつでも戻ってきたまえ。引き受けるよ」と答えたことになるのだが。二人は手を握りながら、お互いに涙をこらえていた。よほどに別れが辛かったのだろう。

渡辺は家に帰ると、妻の敏子に東京行を打ち明けた。すでに、何度か、作家の道を追い求めたいことは話してある。取り立てて反対はしなかった。

「ただ、お母さまがなんとおっしゃるか……」

問題はそこだ。最大の難関である。とにかく渡辺家にとって、母親ミドリの存在は絶対だった。

父との突然の別れ

渡辺の父親は、大学を辞める三年前の一九六六年一一月に急逝した。渡辺が講師に昇格した年だ。亡くなる少し前には、長い時間バスに乗って、出張先の地方の病院に息子を訪ねている。

〈「家では皆がいるし、お前ともなかなかゆっくり話す機会もないので来たのだが、あの人のことを、もう少し真剣に考えられないのか」

あの人とは私の妻のことで、父は私達夫婦のことを心配してきたのだった。

「いい人だと思うが、どこが不満なのかね」

父はそんなふうにもいった。

「父さん、それは俺達の問題だし、俺達同士で考えるから、放っといて欲しいんだ」

私がつっぱねると、父は少し淋しそうな顔をして煙草に火をつけた。〉

（「父のこと」『雪の北国から』中公文庫）

父親はまたバスに乗って戻っていった。それから数日たった一一月一五日の早朝、自宅で狭心症の発作が起き、亡くなった。その日、渡辺は女性の家に泊まり、そのまま病院に出勤して知らされた。慌てて家に帰ると、「忌中」の札が掛けられていた。母親は、「淳はまだか……って、ひと言だけ……」と告げ、「喪主になって頂戴」といい渡した。母親の長男への期待は、本人が予想していた以上に大きく強いものだった。

父親の死に目に会えなかったことは、渡辺の大きな悔いになって残った。この話はよく聞かされた。もし家にいれば、台所の出刃包丁で胸を切り開いて、心臓マッサージをすれば助かったかもしれない、ともいった。覚えておいたほうがいいともいわれたが、とても素人でやれるような救急処置ではなさそうだ。

数学の教師だった父親は寡黙な人だった。大の読書好きで、書棚にはさまざまな分野の本があり、少年時代の渡辺はそこから勝手に取り出して読んでいた。特に好みがあったわけではなく、思いつくままに選び出して読んでいただけだが、小説の道に進んだきっかけの一つだったのかもしれない。

戦争直後の中学時代について書いておく。札幌一中（現・札幌南高校）に入学した時は、父親が先に合格発表を見届けてくると、トイレのドアをノックして、「おい、お前、入ったぞ」と喜んでくれた。

札幌一中では、国語を担当していた中山周三（のち藤女子大教授）との出会いが、後の渡辺に大きな影響を与えた。中山は歌誌「原始林」を主宰していた歌人で、短歌の手ほどきを受けたのだ。

わら窓の雪小屋の夜は忘れがたし　赤き焔に照らされてありし

地吹雪の間隙に見えし固きもの　開拓時代の碑石なるらむ

一九四九年の「原始林」に掲載された一五歳の渡辺の短歌だ。中山は、「いずれも、甘美な感傷にはしらず、実感を着実に生かしているところがある。『地吹雪』などという風土的な言葉もすでに身につけていることにおどろく」と評している。

夜を俄に思ひ出だせり　生くる事の訳わからなく　母を呼びたり
自殺せる人の如くにつきつめよと　すぐ恐ろしく忘れむとする

中山の評は、「純粋に生きようとする自己の内面を、率直に追い求めている」というものだった。

一つ床に弟抱きてい寝ながら　いつかは死ぬと思ふ事ありぬ
机の前に母のかかげし　尊徳の額に向ひて　反撥を抱けり
上にある莚を手もて持ちあぐれば　赤き焔の立ち出でにけり
漠然と昨日の我を悔ゆる心　蜜柑の皮のあどけなく散る
西の西のナポリへ行きたいと急に思ひ　胸躍らせて友に語れり

中山は渡辺の短歌について次のように分析する。

〈耽美、感傷風のものは、あまり見られず、自我に目ざめてゆく少年の内面が、リアルに、端的に表出されていておもしろい。自然嘱目の手がたい写生歌もあるが、この種の自己の心を掘り下げて詠んだものの方に、特色が見られる。ともあれ、このような人間の内面への興味が、やがて歌の上だけの表現では、飽き足らなくなり、より自在な小説の世界へ、足を踏み入らせていったのかも知れない。〉

（『渡辺淳一作品集』月報、文藝春秋）

私が注目したいのは、すでに人間の「死」を考えている点だ。「自殺せる人」とか、「いつかは死ぬ」などと、観念的とはいえ「死」を面前に見据えている。医師は常に人間の生と死を身近に見つめる職業だ。実生活でも、一〇代で初恋の同級生、加清純子の自死（「阿寒に果つ」）に出合う。心中に失敗した男女を診察、治療したこともある。蘇生した彼女は彼を放置したまま飄然（ひょうぜん）、恬淡（てんたん）として病院から去っていった（「ある心中の失敗」）。後の「化粧」、「桜の樹の下で」から「失楽園」に至るまで、渡辺文学は「自裁」を措いては、語れない。これらの萌芽は中学生時代の短歌にあった、といえるのではあるまいか。

さらに中山の回想で面白いのは、「医師の渡辺君は、予想できても、作家渡辺淳一の誕生は、夢想さえしなかった」という点だ。ここにも渡辺がよく口にしていた「人間の中にある極端な二面性」がみてとれるではないか。

作家一本の道を選び、東京へ出ていくことを決めた渡辺は、母に「大学を辞める」と告げた。最初は、「東京の大学病院に移る」程度に考えていた母は、「うちの家系に、そんな水商売の人はいないから、それだけは止めて」と、うろたえながら、涙を流して首を振るばかりだった。「水商売はひどいよ」と言いながらも、渡辺は「作家なんて不安定な商売だから、言い得て妙だ」と半ば感心し、納得していた。

一九六九年三月、札幌パークホテルで渡辺淳一の壮行会が開かれた。作家の原田康子は指名を受けて、次のような餞（はなむけ）の言葉を贈った。

「小説を書いて、コンスタントに月二〇万円を稼ぐのは難しいのよ。お医者さんでいることも悪くないと思うな。さあ、考え直すなら今の内ですよ」

爆笑の渦の中で、渡辺は苦笑いするだけだった。長女はまだ幼く、第二子の命が敏子のお腹に宿っていることもあり、家族は札幌に残したままの「単身赴任」だった。慎重ともいうべきこの段取りは、芥川賞を受賞した一九五三年に小倉（現・北九州市小倉北区）の朝日新聞西部本社から東京本社へ異動となった松本清張に通じるところがある。松本も妻子は小倉に残しての上京だった。松本は朝日新聞の社員だったから、文字通りの「単身赴任」である。しかし渡辺は、まだ大きな文学賞を受賞していないし、「素浪人」の身だから、もらうべき給料は一円たりともなかった。

医学部講師からパートの町医者へ

一九六九年四月、渡辺はひとまず杉並区上荻窪にある有馬頼義夫人のアパートに落ちついた。正確にいうと夫人の千代子名義のアパートだ。北海道より一足早い「緑の風」が素肌に心地よかった。中央線でお茶の水にあった日本医師会に通い、日雇いで働ける病院の口を探した。わかりやすくいえば、「パートの医者」である。数少ない求人票から墨田区石原の山田病院（現・山田記念病院）に週三日通うことにした。個人病院だが入院設備もあり、手術場も完備していた。院長は医術よりも政治に興味があるらしく、地元の選挙の準備運動に忙しい。どちらかというと、経営は傾きかけていた。

それでも病院のすぐそばにマンションも用意してくれた。両国の駅から清澄通りを北へ向かい、日大一高を過ぎて蔵前橋通りへ出る手前を右に曲がったあたりだ。現在の国技館と江戸東京博物館の裏側の道だが、まだ両所とも存在していない。当時の大相撲は蔵前の国技館で行われていた。旋盤機で金属製の小さな部品を作る町工場や雑貨などの卸問屋が並んでいた。

上荻窪のアパートは居住者のほとんどが学生という独身者専用で、一間しかなくトイレも共同だった。警察官出身の管理人は融通が利かず、小うるさかったのですぐに引っ越した。とはいっても原因は渡辺のほうにあった。深夜遅くに帰ってきて女性を泊めたりするものだから、「風紀が乱れて迷惑だ。奥さんの紹介する人は二度と入れない」と、管理人は千代子に苦情をいった。鍋や電気ストーブを貸し与えた千代子の厚意は通じなかった。

東京へ出てからの「パート医師」時代の話は「週刊新潮」に連載した「何処へ」に詳しい。「白夜」の後編というべき作品で、渡辺の「サクセスストーリー」として貴重な自伝だ。以下の話は登場人物の名前などを含め、『何処へ』（新潮文庫）に準拠している。

墨田区に移って間もなく「職住接近」のマンションに、札幌から西川純子が転がり込んできた。というよりも、三月に渡辺が「東京へ行くけど、一緒に行かないかい?」と誘ったのである。西川純子の名前は、川西政明によれば、本人が公表しても構わないということで、『渡辺淳一の世界』（集英社文庫）にも明示されている。

川西の名前の上下を逆にすれば、西川になるし、純子は渡辺の初恋の人で「阿寒に果つ」のヒロイン、加清純子を思い起こす。ジュンの音は淳一の淳と同じである。出来過ぎではないか。渡辺が創った名前かもしれない。西川は晩年にいたるまで渡辺と交友があり、編集者の会「やぶの会」のゴルフコンペにもしばしば参加していたので、私もよく知っている。『何処へ』と『告白的恋愛論』(角川書店)では「裕子」、日経新聞の「私の履歴書」ではJ子として登場する。

西川には半ば冗談のつもりで東京行を誘ったのだが、すぐに「行く」と答えが返ってきた。札幌で「バンケットサービス」の会社を経営していた西川は、スポンサーの社長と手を切りたがっていた。渡辺とは二年ほど前に、定山渓温泉で開かれた大学卒業一〇周年パーティの席にコンパニオンとして呼ばれて知り合った。

甘えん坊の渡辺にすれば、たった一人で上京して生活するのに不安があったはずだ。西川が「一緒に棲めるのなら行く」といってくれたので、上京する勇気を貰ったとも考えられる。医学部講師という四角四面で決まりきった生活から、破滅と隣り合わせの無頼で自由な生活へ跳躍する「着火装置」だったのかもしれない。渡辺にはまじめな優等生の顔と対極にある、どこか世間に拗(す)ねた反抗性と不良性を秘めた顔が当たり前に同居していた。西川は簡単な身の回りの物を墨田区のマンションに送ると、札幌から逃げるようにして東京へ向かった。

医師の仕事は週に三日病院に行けばいい。そんなに面倒な患者は来ないし、手術もほとんどない。西川はまもなく銀座のクラブで働き始めた。夕方から銀座に出勤し夜遅くなって帰ると、渡辺が枕元で原稿を書いていた。執筆の時間はたっぷりとあった。収入は西川のほうが多かったので、渡辺はどこか「ヒモ」みたいな気分に陥った。

上京する直前の三月に、文藝春秋から「オール讀物」に発表した例の「小説心臓移植」がコンパクトな体裁の「ポケット文春」として出版された。夏には直木賞の候補に挙げられたが、受賞するとはまったく思わなかった。それでも受賞を願って、間もなく生まれてくるはずの第二子の名前に直木賞の「直」の字を用いた。

選考会の当日、川西が一升瓶をぶら下げて、マンションにやってきた。自室で川西と酒を飲みながら連絡を待っていた。結果は予想通りで、佐藤愛子の「戦いすんで日が暮れて」が受賞作だった。選考委員の松本清張は「あまりに正面から書きすぎて『小説』としては中途半端な感がまぬがれない。新聞記者と看護婦との安手な恋愛を挿入したのもよくない。氏には医者もの以外で実力を示してもらいたい」と厳しくも暖かい選評を寄せた。

海音寺潮五郎の「すぐれた素質と才能とを持っている人であるが、いわばキワモノを書いたのが損になった」という評にも、どこか優しさがあった。海音寺と親しかった朝日新聞の草野眞男が、何かに付けて渡辺の名前を出していたからかもしれない。

石坂洋次郎は「一本立ちが出来る力を備えている」と認めてくれた。

水上勉は、「面白くよんだ。が、事実とつくり話とがしっくりといっていない。もっといい物が書ける人だろう」と、欠点を的確に指摘された。これらはいずれも予期していたもので、誰よりも渡辺自身が強く自覚していた。

渡辺は各委員の短くも辛辣な批評に込められた期待と激励の意味を有り難く読み取った。落選するのは、すでに覚悟の上である。落選したとはいえ、選評を読んで自信がついたのも事実だった。ますます次作への意欲をかき立てられた。川西政明は、「うちから出す書き下ろしで取ればいいから、ほっとした」といって慰めた。もちろん励ましの意がこもっている。二人は飲みに出かけた。純子のことを思ったのか、「銀座へ行こう」という渡辺に、川西は「残念会は新宿の方が似合う」といった。まだこの段階では荻野吟子の小説の題名「花埋み」は決まってはいない。

札幌から舞い込んできた女性と鉢合わせ

西川が仕事に出かけているすきに、病院の会計事務を担当している斎田雅子（『何処へ』による）を一度部屋に連れ込んだが、純子はたちどころに「異変」を察知した。慌てて鏡台の小物を隠すのはいいのだが、元に戻さずそのままにしておくから、すぐにわかってしまう。細かなところまで気を配らないからだ。雅子の方だって、この部屋で渡辺が女性と一緒に住んでいるくらいのことは一目でお見通しだった。ある時雅子は口紅を部屋に忘れて帰った。嫉妬か嫌がらせなのか、故意に置いていったとも考えられる。そのあたりの「危機管理」の意識は、まったく渡辺の頭にない。持ち前の「鈍感力」がいかんなく発揮されている。大きな嘘を付けない素直な性格が身上だった。

札幌の病院勤務時代にも、こんなことがあった。喫茶店でデートをしていると、唐突に女性が飛び込んできて、「淳ちゃん、なにしてんの。さあ、あたしと一緒に来るのよ！」と言うなり、渡辺の手を捕えて、外へ連れ出してしまった。彼女は以前から交際している女性で、なんと彼女に新しい女性の出現とデートする場所と時間を、ぺらぺらと包み隠すことなく、すべてしゃべっていたのだ。底抜けの「甘えん坊」であり、正直な人だった。

　渡辺のマンションに足繁く通った川西政明は、西川の存在にまったく気が付かなかった。渡辺が「文学の鬼」となって執筆に勤しんでいると思っていた。達磨大師の面壁九年ではないが、三菱ユニの２Ｂの鉛筆を手に一心に原稿用紙と向き合っていると信じていた。後に『何処へ』を読んで、川西は「愛執の鬼」にも取りつかれていたのを知り、「青天の霹靂(へきれき)」と驚いた。渡辺は川西と文学談義は交わしても、女性談義は交わさなかった。川西の方が謹厳にして一途な「文学青年」だったのだ。

「小説現代」の編集長になったばかりの大村彦次郎と新入部員の宮田昭宏の二人は、渡辺の部屋を訪れ、西川からお茶を淹れてもらっている。大村は船山馨から、「渡辺の書くものは良いよ」と聞いていたし、直木賞候補になった「訪れ」を評価していた。

　中間小説誌の「ご三家」の一つ、「小説新潮」は同人誌賞で、最初にくさびを打ち込んでいる。渡辺の最初の発掘者といってもいい。「オール讀物」は、すでに「ダブル・ハート」と「小説心臓移植」を書かせている。「小説現代」としても、後れを取るわけにはいかない。編集長自ら熱心に「自宅」を訪ねたのだ。向島から両国一帯は、大村の生まれ育った地域で、ネズミの穴まで知悉している。入社したばかりの宮田は童顔で小柄。野坂昭如のエッセイにしばしば「Ｍ少年」として登場するが、後に編集長になる。西川は「新妻の気分」でお茶を淹れたのかもしれないが、大村はもちろんすべてをわきまえていた。心優しい人だから、「横目でチラチラ眺めるという眼福に預かった」とだけ、慎み深く述べている。

部屋に招き入れている女性が病院の関係者とは思っていなかった西川だが、留守中に女が来るのは許せなかった。西川は「正式な妻なら夫の浮気は許せるが、現在の愛人の立場では許せない」と考えていた。いささか奇妙な論理だが、どこか理屈が通っているようでもある。渡辺が札幌に帰っているお盆の時期を選び、西川は部屋を出て神宮前のアパートに引っ越した。自分が持ってきた小物と東京で買いそろえた家具はすべて持って行った。店が終わってからお客に家まで送ってもらうのにも、両国では方角が悪い。神宮前なら六本木や新宿にも近いので、何かと便利なのだ。

渡辺は銀座の勤め先に電話して純子を呼び出すと、雅子を部屋に入れたことを謝った。ようやく新しい神宮前のアパートの鍵を渡してもらった。店が休みの日曜の夜などには、神宮前に行って二人で食事をした。

ある夜、神宮前のアパートを訪ねたが、どうしても鍵が開かない。渡辺は裏に回り、風呂場の窓ガラスを破って中に入った。しかしそこはなんと隣の部屋だった。深夜、狭いアパートでガラスを割って侵入すれば、すぐ周りは気がつく。ガラスを破った時に手を切って、血が壁についてしまった。大騒ぎとなりパトカーで代々木警察署に連行され、一晩泊められる羽目になった。何のことはない、西川が鍵を新しくしていたのである。居づらくなった西川は、また引っ越していった。唯一の連絡先は西川が勤める銀座のバーしかない。

そんなある日、一人暮らしとなった病院のマンションに、札幌で演劇をやっている中原貴子（『何処へ』による）がたまたま上京し、転がり込んできた。東京に芝居を観に来たのだ。学生時代からの古い付き合いで、貴子は渡辺との結婚を真剣に考えたこともある。ここでもごく短い「新婚生活もどき」が始まった。

診察時間が終われば、だいたい定時に帰れるのだが、その日に限って急患の手術に時間を取られ、少し帰るのが遅くなった。

貴子はいそいそと晩御飯の支度をしていた。間の悪い時は重なるもので、そこへ西川が自分で買った炊飯器を取りに戻ってきたので、二人の間で、火花が飛んだ。

「何日もここにおります」

奥様然として貴子がいうと、

「私は東京へ来た時から一緒に居て、今も追いかけられて大変なのよ。あなたはあの男に遊ばれているだけだから、早く帰りなさい」

負けじと、西川も言い返す。激しい言い争いになった。だいたいが渡辺のところによってくるのは気の強い性質の女性が多い。いや、渡辺の「好み」といった方が良いのかもしれない。

渡辺が帰ってみると、部屋で貴子がブロバリンを大量に服んでいた。すぐ院長に来てもらい、二人で胃洗浄の救急処置を施し、山田病院に入院させた。

銀座の店にいる西川に電話したが、「そんなのきっとお芝居よ」と、どこまでも冷たい。そういわれれば、貴子には「自殺未遂」の過去があった。翌日になってようやく意識が戻り、幸い一命は取りとめたが、斎田雅子は無論のこと、看護婦から患者まで病院中の目が渡辺を好奇の目で見つめていた。

翌日の夜には「あんな人騒がせな女は、早く返しなさい」と西川から電話が掛かってきた。「甘い顔をしていると、なにをされるかわからないわよ。もう部屋に泊めたりはしないでしょうね。また、見に行くわよ」と、半分脅しが入った。

西川は九段にある高級マンションの七階に移っていた。送りがてら部屋に入りこんでみたら髭剃りと歯ブラシが置いてある。内装の設(しつら)えや家具などの調度品をみても、西川一人の稼ぎでは賄えない気がする。どうも男の影が感じられる。しかし今回も懇願して鍵を渡してもらった。「約束したときだけよ」という西川の言葉が、少しばかり気になったけれども。

「そんな作家は聞いたことがない」

締切りが迫っているのに原稿が捗らない日曜日の午後、どうしても西川に会いたくなり、九段へ向かった。ドアを開けようとしたら、ドアチェーンが掛けられ、「今、お客さんが来ているから帰って」という。ドアの中に男物の靴があり、スーツを着た男の姿が見えた。逆上した渡辺は、タクシーに乗って、神楽坂の金物屋で金鋸(かねのこぎり)を買って戻ってくると、ドアチェーンを切り始めた。

「止めろ！　警察を呼ぶぞ！」

「そこにいるのは、俺の女だ」

と大騒ぎになり、中の男はパトカーを呼んだ。「職業は？」という警官に、「作家の渡辺淳一」

と答えると、「そんな作家は聞いたことがないな」とあしらわれ、ますます激昂するが、怒る方がおかしい。警官のほうがまともだ。西川は男と結婚するつもりで、マンションの金も出してもらっていたが、この事件で結婚話は消滅し、西川と渡辺の交友はその後も長く続くことになる。

「パート医師」時代は女性三人と愛憎劇を繰り返してばかりいたわけではない。また川西と共に進めている書き下ろしの長篇「荻野吟子」一冊に専念していたわけでもない。「小説現代」に、「ムラ気馬」「般若の面」「流氷の原」など計六篇を発表している。いずれも、直木賞受賞以前に書かれた作品で、大村彦次郎によれば、「いま読み返してみて、どれも合格点の、もちろんプロの出来ばえである」ということになる。

他にも「小説サンデー毎日」に不定期だが、「仁術先生」を執筆している。この作品は、「これが最後の新作！」と銘打って、二〇一四年九月に集英社文庫として発売された。亡くなってから五か月後のことである。この文庫は集英社文芸局の編集者、横山征宏が手がけた。長いあいだ渡辺と親しく付き合っていた横山は、実際に渡辺の書籍を手掛けたことが無いので、亡くなる前年の秋、元中央公論の水口義朗と一緒に渋谷の仕事場で臥せっている渡辺を訪ね、「どうしても先生の本を一冊作らせてください」と頼み込んだものだ。

堅苦しい大学病院から逃れて、下町のぱっとしない個人診療所に勤務する外科の円城寺優先生が渡辺の分身だ。冒頭に、「自己紹介」が記されている。

〈先生は三十八歳で外科医、医学博士の称号も持っているが、博士らしい権威にはほど遠く、

……（略）

大学病院に勤め、講師にまでなって医局の中心的なスタッフであったのが、つい昨年なにを思ったか、突然大学病院を辞め、フリーになってしまった。

医者の場合、フリーになるというのは官公立の病院を辞めて開業医になるということである。〉

（「梅寿司の夫婦」『仁術先生』）

「大学病院の講師というエリートの地位」とか「医学博士の称号も持っているが」、「下町のぱっとしない個人病院の分院」などの表現が目につく。さらに大学病院を辞めた理由について、「本人は固く口を閉ざして一言も言わない」とある。当時の心境はまだまだ大学の「医局」に未練を残し、「個人病院のパート勤務」という境遇に対して、強い屈託と忸怩たるものがあったことが推察される。

この時期の無頼な行動の理由について、後に「なぜだかわからない」と振り返っているが、やはり激しい大学病院内の生存競争から逸脱した、というコンプレックスが大きかったのではないか。エリートコースをひた走り、家族の期待もあったし、周囲からも「将来は教授」と見られていた。それが、海のものとも山のものともわからず、なんの保証もない世界に独りぼっちで暮らすことになってしまった。無頼と反逆から、何かが創造できると考えたのも、不思議ではない。

川西政明も「渡辺淳一の短編は、今読み返してみると、この時期のものが一番よい。残酷美が稜立っている」と、『渡辺淳一の世界』で述べている。川西の熱心なアドバイスを受けて、書き進めている描き下ろし長篇「荻野吟子」は「花埋み」という書名も決まり、ようやく脱稿した。

東京に出て来てから一年が経過した一九七〇年四月、目黒区の八雲にマンションを求め、札幌から妻と二人の娘を呼び寄せた。

冒頭に記したとおり、そこへ私が訪ねて行ったというわけだ。

第三章　直木賞を受賞し、瞬く間に流行作家へ

確信していた直木賞受賞

一九七〇年七月、渡辺淳一は娘の名前に「直」の字を入れるほど欲しかった念願の第63回直木賞を受賞する。受賞作は「別冊文藝春秋一一一号」（三月刊）に発表した一三五枚の中篇「光と影」だった。

選考会は七月一八日、築地の料亭「新喜楽」で行われた。選考委員は、石坂洋次郎、大佛次郎、海音寺潮五郎、川口松太郎、源氏鶏太、今日出海、司馬遼太郎、柴田錬三郎、松本清張、水上勉、村上元三の一一名。司馬遼太郎は委員に就任して二回めの選考会だったが、「回答」を書面で送っている。

同時に結城昌治の「軍旗はためく下に」が受賞した。私が編集者として初めて担当した「週刊朝日」の連載小説が、結城昌治の「白昼堂々」だった。一九六六年の上期（第55回）の直木賞候補に挙げられたが、賞を逸していた。その四年前には、「ゴメスの名はゴメス」で最初の

候補になっていた。ということは、すでに結城はひとかどの有名作家で、新人の域を超えていた。「私も、もう歳なので、今さらさらし者になるのは嫌だから、候補に挙げるのなら、受賞を確約してほしい」と申し入れたという噂が流れた。となると、すでに枠は一つ消えていたことになる。この噂を渡辺淳一はかなり信じていて、本人からも聞いたが、真偽のほどはわからない。もちろん主催者側は「全面否定」する話だ。

渡辺の受賞作は、西南戦争で負傷し、同じ右腕の切除手術を受けた二人の軍人の運命が、カルテの順番によって大きく変わるという物語だった。右腕切除というのは、整形外科医である渡辺の専門分野だから手術の描写にもリアリティがあり、臨場感と迫力を生み出すのは当然だった。さらに直木賞は、歴史的な題材を扱った作品が有利だと考えた渡辺の「マーケッティングリサーチ」が功を奏したともいえる。長篇が多いといわれる直木賞で、中篇作品が選ばれるのは異色で、渡辺のこれまでの実績が考慮されたのは明らかだった。出版社の力学というか、「地政学」が作用したのであろう。

直木賞を目指し、苦労してきた描き下ろしの日本初の女性医師、荻野吟子(戸籍では、ぎん)の物語「花埋み」の出版は八月の予定だった。河出書房新社の川西政明が献身的な編集作業で陰になり日向になり励ましてくれたし、渡辺本人も「これで直木賞を取る」と思い込んでいた自信作だった。しかしそれこそ「トンビに油揚げをさらわれる」ように文藝春秋に持って行かれてしまった。川西の無念は容易に想像できるが、念願の直木賞を受賞したのだから、傍からとやかく口をはさむことはできない。タイミングが悪かったと納得するほかない。

渡辺は受賞を確信していたかのように、その年の四月にはすでに目黒の八雲に移転し、札幌から妻子を呼び寄せていた。母のミドリは、「淳を一人で置いといたら、何をしでかすかわからないから、早く東京へ行きなさい」と妻の敏子に勧めた。実はすでに「しでかしていた」のは、先述したとおりだ。母は息子の「女性遍歴」について、しっかり承知していた。「あれは病気ではありません。病気なら治るけど、治らないのだから」といった有名な逸話が残っている。

医学者の目から見たＳＦ

いずれにしても、私は引っ越し直後に八雲のマンションを訪ね、原稿を依頼した。「週刊朝日カラー別冊」９号の「現代恐怖」シリーズ第四回で、題名は「生き残った男」、枚数は二〇枚足らずだった。

内容は肝臓がんにかかり、余命半年と宣告された文芸誌の編集長が、「今は死にたくない」と医師に相談する。彼が育てた若い作家の成長を見届けたかったからだ。医師は摂氏二度のカプセルのなかで五〇年間眠り続けることを勧めた。その頃には、きっと人工肝臓ができているに違いないから、と説明した。「冷凍冬眠法」といい、血液や細胞は摂氏二度では凍結する寸前で、脳は全く働かないから目覚める心配はない。

五〇年後に生を取り戻した編集長が目にした光景は、いかようなものだったのか？　星新一ばりのＳＦ風ショートショートともいえるが、医師が書いたものだけにどこか迫真力があった。

まるまる一ページを飾る四色のイラストレーションは、岡本信治郎にお願いした。ユーモアに富んだポップ調の画風が新鮮だった。確か凸版印刷のデザイナーだったはずで、あまり商業誌には登場していなかった。今では日本のポップアートの先駆者として、世界的に活躍している。ちなみにこの「現代恐怖」シリーズの登場作家とイラストレーターを記しておく。

▽藤本義一「関西イソップ・先祖代々の墓」（田島征三）6号
▽眉村卓「隣りの子」（永田力）7号
▽森村誠一「団地戦争」（山藤章二）8号

ところで、このSF風の作品から渡辺の「守備範囲」の広さがうかがえる。「レパートリー」といってもいいし、「取扱い商品の品揃え」ともいえる。医学物は当然だが、社会的な医療問題への提言から生と死の倫理的問題、純愛小説と、なかなか一括りにはできない多面性と重層性に富む渡辺の限りない可能性を予感させた。

「週刊朝日カラー別冊」は、この号で幕を閉じた。当時はまだ珍しかったビジュアル志向は、あまりにも時代を先取りしすぎていたようだ。私の個人的な「収益」を考えれば、多くの「財産」を得た。旧知の池波正太郎とは肥前名護屋や奈良の東大寺を旅し、津村節子とは佐渡島、早乙女貢とは平戸へ出かけた。二度に及ぶ海外取材も貴重な体験だった。

そう、井上ひさしに「うちの可愛い一個連隊」という小説も依頼した。すでに「小説現代」で、「モッキンポット師」を掲載していたが、活字メディアで井上を起用したのは二番目くらいだったと思う。編集部の中でも、井上ひさしを知る人はまだ少なく、編集会議で井上の名前を出しても、簡単にはいかなかった。会議が終わってから、入社したばかりの川本三郎が静かに近づいてきて、「井上ひさしはいいですよね」とぼそぼそと慰めてくれた。しかし原稿の入手には苦労した。その後も、井上の原稿入手には、手痛く悩まされることになるとは、思いもしなかった。「カラー別冊」でお世話になったこれらの作家には、後に「週刊朝日」の誌上で連載小説や連載エッセイなどをお願いすることになる。

渡辺はこの年（一九七〇）の一〇月に墨田区の山田病院を退職し、筆一本の生活となった。待望の直木賞を受賞した渡辺淳一は、賞をきっかけに大きく飛翔した。中間小説誌を中心に多くの作品を発表し、瞬く間に流行作家となった。

医学部内のエリートコースからはずれ、町医者に身を窶したと『仁術先生』（集英社文庫）に書いた屈託と韜晦は、いつのまにかどこかに消え去っていた。書きたいテーマは無尽蔵に湧き上がり、さまざまな依頼に応じているように見えた。しかし、しっかりと自分を見据えるしたたかな計算は忘れてはいなかった。

一九七〇年の七月から、北海道新聞の日曜版に連載した「リラ冷えの街」から「リラ冷え」という言葉が流行し、後に季語として定着する。一部に渡辺の造語とも言われるが、それは違う。札幌在住の俳人、榛谷美枝子が六〇年に発表した「リラ冷えや　睡眠剤は　まだ効きて」に渡辺が着目し、小説のタイトルに用いたのだ。これも、渡辺の文学的スタートが短歌だったことと無関係ではない。

直木賞を受賞した翌年の一九七一年三月には、ロンドン、アムステルダム、パリなどヨーロッパを初めて旅行した。この年、「サンデー毎日」で「無影燈」の連載が始まった。そろそろ「週刊朝日」に連載小説をお願いしなくてはならない。

七二年には、目黒の八雲から中野区鷺宮に転居し、高田馬場駅近くに仕事場を構えた。私は「週刊朝日」に連載小説を執筆するよう、仕事場を訪ねた。「快諾」というわけではなく、こちらの話を聞いて、「フム、フム……」とうなずくだけだったが、感触は決して悪くはなかった。渡辺は、即断即決とは無縁の人だった。「慎重居士」という言葉があるが、どちらかというと、それに近い。悪くいえば、優柔不断だ。あいまいで煮え切らない一面がある。相手の立場を考えながら、傷つけないように「落としどころ」を探しているのかもしれなかった。その一方で医学を専門とする科学者だから、論理的に筋道を立てて説得すると、あっさり納得してくれることもあった。

祇園の魅力を教え込んだ女性

その頃、渡辺は書き下ろしの「花埋み」を出版した河出書房新社から京都の祇園に招かれ、一人の女性と知り合った。販売促進キャンペーンの打ち上げの席だった。『告白的恋愛論』（角川書店）によると、お茶屋「K」の女将、お市だ。古い歴史のある「K」の四人姉妹の四女で、一四歳の時に舞妓となり、芸妓から女将になった。まだ二〇代の前半だった。お市に惚れ込んだ渡辺は、京都にのめり込んでいく。

北大の教養課程を終え、京都大学の文学部を受験した際に京都に滞在した話はすでに述べた。北海道に生まれ育った渡辺にしては、すべてが新鮮で驚くことばかりだった。その「旅行者」としての京都体験から、今度は京都の精華の深奥まで知り尽くしているお市の案内を受けたのだから、ますますのめり込んでいったのは想像に難くない。

祇園街では、お茶屋の娘から舞妓になり、芸妓、女将と「出世」していくのが、エリートの中のエリートだった。今どき舞妓になる女性は、京都だけでは足らずに日本中から集まってくる。舞妓の成り手が少ないのだ。伝統や宗教的威光に守られ、観光客が滅多に足を踏み入れることができない「聖地」や「秘境」も、お市の案内があれば、自由に拝観し取材することができた。京都には、独特のしきたりが残っている。その中でも祇園街は伝統的に際立った華美と虚飾の街だけに、決まり事や因習、習慣になじむのは難儀の技だ。しかし渡辺はお市から、心付けの額や渡すタイミング、京ことばの裏の意味まで懇切に教えてもらった。まさに最高の京都の「家庭教師」による個人授業だった。

京都を舞台にした最初の長篇小説「まひる野」は一九七四年一〇月から翌年の一二月まで産経新聞（当時の題号は「サンケイ」）に連載された。渡辺は「フランチャイズ」という言葉を使う。小説の舞台となる場所だ。北海道、東京に京都を加えたかった。そうなれば、フランチャイズを三つ持つことになる。

季節を表現するのに「歳時記」は欠かせないが、京都を中心に編まれている。「リラ冷え」という言葉に着目したように、京都以外の土地にも、それぞれの季語があるはずだ。それにしても、京都の季節を知らな過ぎる。渡辺は、京都の中心部にマンションを借りた。四季の移り変わりを体験し、京都の風を感じるためである。育った北海道はもちろん、東京はすでに住んでいたので、四季を想像できた。単なる旅行者としてだけでは、四季の移ろいを感得するまでは難しい。住んでみるのが一番の早道と考えたのだ。マンションに和服を常備し、着替えてから祇園へ顔を出した。しかし、京都の底冷えのする冬の寒さは想像以上だった。北海道の冬の厳しさを経験している渡辺にしても、京都の冬の寒さには音を上げ、マンションは一年で撤退した。

お市について、渡辺は次のように記している。

〈わたしは多くの女性と際き合ってきたが、わたしの家庭のことについて何もきかなかったのはお市だけだった。どんなに深い関係になっても、わたしと結婚したいなどとは一言もいわなかったし、わたしの妻や家庭の様子を探るようなそぶりは一切見せなかった。〉（『告白的恋愛論』角川書店）

ここに京都の祇園に生きる女性の強烈な自負と矜持がある。しかし、その「京都至上主義」がややもして行きすぎると、煩わしさを感じるようになるのも事実だった。

渡辺の付き合ってきた多くの女性のなかには、明らかに「妻の座」を狙っていた人たちがいた。「あわよくば……」という「願望」だったのだろうが、さる銀座の女性は、「センセイから『妻とは別れる……』といわれたのよ」と、私に得々と語った。

彼女は「作家夫人」のはかない夢を見ていたのだろう。慎重でどちらかというと、「優柔不断」なところがある渡辺が、「妻と別れる」などと軽々に言うわけがない。ベッドの中での「痴話」か、せいぜいがリップサービスだったのだろう。

東京にいる限り、週末にはきちんと自宅に帰るのが渡辺のライフスタイルだった。小説の内容が浮気や不倫など、さまざまな「男女の愛のかたち」を取り上げるようになり、自分の家族のことについては、なるべく表に出さないように心がけていた。自分の素顔を曝すようなことは、出来る限り避けた。作家の素顔はフィクションの世界とは無縁のもので、読者に誤った負の「イメージ」を与えるのではないかと考えていた。晩年は別として、テレビに出演することも少なかった。私が記憶しているのは、NHKの教育テレビ「日曜美術館」でアンリ・マティスを取り上げた番組に出演したくらいのものだ。

一九九五年の正月に一家水入らずでハワイへいったことがある。ホノルル空港〈現・ダニエル・K・イノウエ空港〉でテレビのリポーターやスポーツ紙の記者たちに囲まれた。そこで渡辺は「銀座の女の子とか女優となら写真をいくら撮ってもいいけど、家族と一緒だけは勘弁してもらいたい」と丁重に断った話が残っている。

しかし、直木賞を受賞し流行作家となった「鷺宮時代」に、敏子夫人に二人の娘が一緒に自宅の近くを散歩している写真が中間小説誌のグラビアページに掲載されている。そこには幸せそうな一家団欒の光景があった。一人前になったからといって、まだまだ編集部の依頼を断れるまではいかなかったのだ。

〈このごろは旅行や仕事で、ほとんど家におらず、たまに帰ると子供が大きくなっているのに驚く。

この子達がやがて好きな男性を見付けて、自分から去っていく日を想像して、因果は巡る、という言葉を思い出している。〉（「オール讀物」一九七四年二月号）

当時はやった「ニューファミリー」の典型的なショットだった。後年になって、「昔は、家族でグラビアページに登場しましたね」と冷やかしたことがある。すると、「今考えると、寒気がするね」といっておぞましいものを思い起こすかのような表情を見せた。きっと、「嫌なことを覚えているやつだな」と思ったに違いない。

渡辺から、「京都の華やかな女性たちの物語」を描いてみたい、と電話があったのは、最初に依頼してから一年ほど経ったときだった。谷崎潤一郎の『細雪』の現代版を意識していることがすぐにわかった。もちろん編集部に異存はなかった。

「週刊朝日」の連載小説「化粧」が始まった

直木賞を受賞した一九七〇年、渡辺淳一は三七歳。翌年には一年間で約三〇点の作品を発表している。次の年は二〇作品、四〇歳になった七三年には書き下ろしを含めて一六作を著している。最も花開いた時期といえる。後に「小説の題材に困るということはなかった」と述懐している。

七二年に刊行された『無影燈』（「サンデー毎日」連載・毎日新聞社）は、テレビドラマ化（田宮二郎主演「白い影」）されたこともあり、ミリオンセラーとなった。医者のイメージといえば、多くはヒューマニズムという表現でパターン化されていた。それを払拭し、リアリティに富んだ医者の実像に挑戦した初めての週刊誌連載小説だった。札幌から上京して、パートで勤めていた墨田区の山田病院での経験が役に立ったのはいうまでもない。「温めていた素材をすべて詰め込んだ」と自負する力作だった。

「週刊朝日」も負けるわけにはいかない。しかも雑誌の連載だけではなく、終了後には単行本として出版する約束を取り付けなくてはならない。新聞や雑誌の連載には原稿料の他に取材の費用も掛かっている。校閲者の人件費も計算しなくてはならない。当時はまだ価値があった海外取材を企画し、現地特派員の力を借りた例も多い。その元手の掛かった完成品をむざむざと他の出版社に持って行かれては、企業としてのコストパフォーマンスが悪い上に編集者としても寝覚めが良くないというものだ。しかし残念ながら新聞社の編集現場には、そんな採算性を考える土壌は本質的に存在しなかった。

作品の売り上げ部数に比例して、作家は立場が強くなっていく。無名時代は、いくら出版して欲しいと頼んでも相手にされなかったのが、ひとたび人気が出てくると出版社から「ぜひ弊社に」と揉み手をしながら、すり寄ってくる。出版すれば必ず売れるのだから、各出版社は血眼になる。今や渡辺淳一は出版社にとって、それこそ「喉から手が出る」くらいの人気作家に成長していた。出版の競争となると、新聞社はどうしても劣勢になる。版元は雑誌の連載から単行本、文庫まで作家に対して息の長いアテンドが必要だった。朝日新聞社の「朝日文庫」はまだ誕生したばかりだった。書店への影響力とアフターケアまで指摘されると、新聞社の出版はどうも分が悪い。

この時代の渡辺淳一は、専門の医学もの以外に、「長崎ロシア遊女館」などの歴史小説や野口英世をテーマにした「遠き落日」、夭折した戦後を代表する歌人、中城ふみ子を扱った「冬の花火」などの伝記小説を手掛けている。いうまでもなく野口英世は黄熱病の医師であり、中城ふみ子はガンで両乳房を切除し、「乳房喪失」の歌集で有名になった。両書とも広い意味では「医学もの」といってもいい。

四〇代半ばになって、渡辺は、得意とする医学ものと歴史ものから離れることを決めた。虚構(フィクション)が書けなくては、作家としての意味がない。川端康成や谷崎潤一郎の例を見ればわかる、というのである。

そういえば、松本清張からも同じことを聞いた覚えがある。

「作家は年をとると、紀行文やエッセイに逃げる人が多いだろう。みんな小説が書けなくなったんだよ。僕は作家になったのが遅かったから、書きたいテーマはまだいくらでもあるんだ」

松本の頭の中には、川端康成や司馬遼太郎のイメージがあったのだろう。

渡辺と同じ世代の作家の傾向をみると、「男女もの」を書く作家は少なかった。ライバルがいないから書きやすいともいえるが、競争相手がいないのはそれだけ刺激がないともいえるわけで、マイナス材料となる。同世代の作家で、渡辺が最も意識したのは五木寛之だった。有馬頼義の「石の会」に加入した時、五木はすでに直木賞を受賞していたし、やはり「石の会」の先輩で五木の二年後に直木賞を受賞する早乙女貢は歴史小説家だった。「五木さんは全国区だけど、僕はまだまだ地方区だよ」と言っていたこともあった。五木への対抗心といえば、こんな話を思い出した。

小説に登場する人物の名前には、どんな作家でも苦労するもので、競馬の騎手や担当編集者の名前を借りたりする作家もいた。渡辺は名前について、ある「美学」を持っていた。女子高などの卒業名簿を数冊手許に置いて参考にした。濁音が少なく、五十音表のイ段（い、き、し、ち、に、ひ、み、り）の音が多い名前はひきしまった清潔感があり、綺麗に聞こえる。イ段の文字が清潔音だとすれば、ア段の字（あ、か、さ、た、な、は、ま、や、ら、わ）はどこか間の抜けた感じに聞こえるという。

「自分の名前には濁音が二つでア段の文字が三つもある。イ段の字は二つしかないけど、五木さんは濁音がないし、イ段の字が四つもある」と半ば冗談で指摘した。そういわれれば、うなずける点もある。まあ、名前が綺麗であるのと作品の価値は関係ないが、五木をライバルとして気にしていたのは間違いない。

「週刊朝日」の連載のテーマは京都の祇園を舞台にする華やかな物語、ということで、祇園の取材に出掛けることになった。私は入社して間もなく、出版写真部の先輩、佐久間陽三に祇園のお茶屋へ連れていってもらった。京都の名門の出の佐久間は大学生の時代から祇園に出入りしていた。先斗町の小料理屋「ますだ」や古門前通りの古道具屋を案内してもらった。学生と大学教授、寺社の高僧と商家の主人が居酒屋で隣り合わせになって飲んでいる京都ならではの情景に感嘆した記憶がある。

また、出家する二年くらい前の瀬戸内晴美が日本経済新聞に連載し、「祇園入門の教科書」と評判を呼んだ『京まんだら』(講談社文庫)の舞台になったお茶屋の「M家」も画家の風間完と一緒に上がったことがあり、なじみとなっていた。ここに渡辺を一度ならず案内した。渡辺のホームグランドは「K」だから、他の店で自分が客を招待することはできない。これも祇園街に残っている厄介なしきたりの一つだ。

出版の話を確固たるものにするため、草野眞男のいる水戸へ一泊で出掛けた。梅の花が香る季節だった。草野は北海道報道局の次長時代から、渡辺と朝日の社内で将棋を指すほどの親交があり、渡辺も信頼していた。渡辺の名前を一躍広めた心臓移植に関する吉村昭への反論を朝日新聞に掲載する際に草野の助力があったことはすでに述べた。

草野は茨城放送の社長を退任して、会長になっていたころだ。市内の講道館の梅を観賞し、水戸を代表する料亭、大工町の山口楼で一席を設けた。数少ない芸妓を呼んで踊りを観賞した。渡辺は芸妓の足袋の裏が汚れていたのに目をとめ、妙に気にしていた。京都の祇園では考えられなかった。

翌日は大洗まで足を延ばす予定だった。朝になって、渡辺は突然「友達が東京から来る」と言いだした。別に急ぐ旅でもないので、水戸駅でスーパーひたちが到着するのを三人で待った。やってきた友達というのは化粧っ気のない小柄な女性で、「友人のOさん」とだけ紹介された。静かにお辞儀をすると、あまり無駄な口はきかなかった。渡辺は草野や私をおいて、熱心にOに話しかけていた。

　不審に思ったのか、草野から「あれは誰だ」と尋ねられたが、「さあ、知りませんね……」としか答えようがない。後からわかったのだが、渡辺も二、三日前に知り合ったらしい。外国資本の飲料メーカーに勤めているという話だった。草野と別れ東京に帰る車中でも、渡辺は熱心に話しこんでいた。このOなる口数の少ない女性が、後に渡辺のさまざまな小説に影を映すようになるとは、まったく思いもよらなかった。

「週刊朝日」に連載を始めるということは、各出版社の知ることになった。題名はもちろん、開始時期も決まったわけではないが、「予約帳」に名前が記され、各出版社に認知されたということになる。各社は単行本刊行の権利を取ろうとする。渡辺に朝日からの出版の話をすると、「うーん」と曖昧な表情になり、のらりくらりとはぐらかされてしまう。

　七八年一月、世田谷区奥沢に新居を建て、中野区の鷺宮から移転した。仕事場は渋谷の公園通りにある高級マンションの一室に構えた。車で通うこともあれば、目蒲線（現在の目黒線）と東横線に乗って「通勤」した。なぜ、仕事場を持つのかと問われれば、生活空間と書斎（創造空間）が一緒だと発想まで閉じ込められてしまうから、と答えた。新居落成のお祝いの会には私も招かれた。文藝春秋の鈴木重遠、講談社の金子益朗など、旧知の編集者も多かった。不思議なことにこの家も拙宅から自転車で一〇分も走れば着くところだった。

　鈴木重遠の話によれば、八〇年一月から文藝春秋で『渡辺淳一作品集』全二三巻を刊行することになり、自分が担当になったという。直木賞を取ってから一〇年も経っていない。異例中の異例ともいえる早さだ。すでに講談社から五木寛之の作品集が刊行されていたから、文藝春秋も対抗したかったのだろう。

しばらく経って、鈴木から「渡辺さんは作品集の第一回配本に、『週刊朝日』の連載を持ってきたいようだ」と連絡があった。

作家が全集とか作品集を出すことになれば、各出版社は著者と当該出版社に敬意を表して、出版権を融通し、ある程度協力するのが一般的だ。日本の出版業界には、こういった不文律の「慣習」や「しきたり」が数多くある。早い話が作家の印税は定価の一〇パーセントが一般的定式となっているが、別に法律で定められているわけではない。事実、最近の出版事情は、一〇パーセントより低くなる傾向が見られる。

渡辺淳一がどこまで本気で「週刊朝日」の連載小説を作品集の初回配本に考えていたかは、定かではない。気まぐれに、ふと思いついただけかもしれないし、担当編集者である文藝春秋の鈴木重遠が彼なりに盛り上げて、私に投げた「牽制球」だった可能性もある。渡辺本人に聞いてみても、相変わらず要領を得ない。今考えてみると、やはり渡辺自身も作品集の売れ行きが気になっていたのだろう。「週刊朝日」の連載で、単行本になっていない作品を初回に持って来れば話題になる、という魂胆があったに違いない。

しかし、作品集の刊行時期と連載開始の時期を考えると、どうしても不可能なスケジュールだった。私の計算では連載中に作品集が刊行されるはずで、間に合うわけはないと、楽観するほかなかった。

タイトルもまだ決まっていないし、さし絵を誰に頼むかが難問だった。作家によっては、さし絵に無頓着な人もいる。編集部が挙げた候補に、「誰でもいい」とまったく異議を挟まない人がいるかと思うと、気心がわかっているからといって、マンネリズムに陥ったなじみの画家を名指ししてくる人もいる。

「化粧」のさし絵を小松久子に

渡辺淳一はさし絵画家の選定には細かく注文を付けるタイプだ。小説の中身は谷崎潤一郎の『細雪』の現代版で、華やかな色艶に溢れた女性の物語だ。しかも京都の祇園を舞台に、舞妓や芸妓が登場する。舞妓を描く画家といえば、片岡球子や石本正の名前がすぐに浮かんでくる。美人画と言えば、当時は風間完が第一人者だったが、五木寛之の『青春の門』でコンビを組んでいたし、たまたまほかの小説に起用する予定があり候補から外れた。

そこで私の頭の中に浮かんだのが、小松久子だった。三浦哲郎の「駱駝の夢」(日経新聞)や「素顔」(朝日新聞)の作品で、ずっと気になっていた。一九七七年には井上ひさしの「黄色い鼠」(「オール讀物」連載)で、講談社出版文化賞(さしえ賞)を受賞している。聞けば、竹谷富士雄の弟子だという。入社したころ、朝日新聞に連載していた丹羽文雄の小説「命なりけり」のさし絵が竹谷だった。抒情的なタッチが記憶にある。そういえば、小松の絵は師匠によく似ている。静かな諧調のある鉛筆を主体とした柔らかい線で、品格のある人物が描かれていた。奥行きのあるミステリアスな雰囲気を湛えている。

小松は一九八四年ころ、人を介して竹谷富士雄の許を訪ね、師事するようになった。竹谷は二科会の藤田嗣治の弟子だったから、当然二科会に入会するものと思われていたが春陽会に入り、後に退会している。藤田の孫弟子にあたる小松は新制作ではなく一陽会に入り、後に新制作協会に転じた。「どうして新制作ではなかったのですか」と尋ねたら、「新制作は難しくてね。新しくてお隣のような関係にある一陽会にしたの」と笑っていた。

さし絵というのは、風景だけではない。人間が描けなくては話にならない。じっとしている舞妓や芸妓の顔だけ描けても駄目だ。大家だからといって、誰でもさし絵が描けるわけではない。動きが必要になる。小松の描く女性は、気品を備え、女性の表情に秘められた肌の色艶や皮膚の温もりから、内面の心理まで克明に写し出される。小松が描いた絵からは、師匠譲りの洒落たパリの香りが感じられた。パリと京都には、古いものを守りぬくという共通項があるではないか。

渡辺淳一に相談すると、普段は曖昧でどっちつかずの返事しかしないのに、珍しくすぐ肯いてくれた。三浦哲郎や立原正秋と組んだ小松の仕事が頭の中に残っていたようだ。それに私が自信を持って強く勧めたからかもしれない。

渡辺淳一と小松久子で、数回祇園の取材に出かけた。祇園のしきたりといえば、舞妓の髪型ひとつとっても、そこに約束事がある。年数を経て一人前の芸妓になる日が近づいてくると、「先笄（さっこ）」という髪型になる。小松はお座敷で舞妓さんや芸妓の話を熱心に聞いてメモを取り、スケッチもした。洛北の峰定寺（ぶじょうじ）まで足を伸ばし、摘み草料理の「美山荘」で食事をしたこともある。

この時は、水戸の草野眞男も一緒だった。

後々のことになるが、渡辺・小松コンビはすっかり定着し、「別れぬ理由」（「週刊新潮」連載）を経て、再び、「週刊朝日」で「桜の樹の下で」が始まった。さらに、「愛人アマント」（「週刊文春」連載。単行本は「メトレス 愛人」と改題）、「何処へ」（「週刊新潮」連載）、「かりそめ」（「週刊新潮」連載）、「愛の流刑地」（日経新聞連載）と続いた。

連載が始まる二、三週前になって、ようやく小説のタイトルが「化粧」と決まった。ほぼ同時期に中上健次が同じ題名の短篇集を刊行したが、収録されたひとつの短篇の題だ。

吉行淳之介の掌篇小説にも「二重写し」を「化粧」と改題した作品がある。一九六九年一月一日の朝日新聞に、「化粧」という通しタイトルで、四人競作の掌篇小説が掲載されている。吉行はあとで共通タイトルを題名にしたのだ。これも掌篇だし、「化粧」はごく普通の一般名詞だからさしたる問題はない。一九七九年四月、「週刊朝日」の「化粧」は華々しくスタートした。渡辺淳一が東京へ出てきて二年目に私が八雲のマンションを訪ねた初対面の日から九年が経っていた。連載が始まる前の週の予告で、渡辺は執筆の動機と意気込みを高らかに宣言している。

〈正直いって、いまごろ男と女の小説を書くのは、苦労の多いわりに失敗しやすい。冒険であることはわかっている。

女や愛の心理をどう書いたところで、それが男からの一方的な見方であることもわかっている。でも、作家には、その年齢、年齢で、書けるものと、書けないものがある。もし、生身な男と女の話を書くとすれば、そろそろいまあたりが限界かもしれない。

いずれ年齢をとれば、油が切れ、いきいきとした風俗も追いきれなくなるかもしれない。その前に一度、華麗な男と女のフィクションを書いてみようか、そんなつもりで筆をとった。
はたして成功するか否か、それは私の才能とともに、体のなかに埋蔵されているエネルギーの問題でもあるようだ。〉

（「週刊朝日」一九七九年四月六日号）

折しも桜の季節で、冒頭は「ほんまに、なんで桜はこんな一生懸命咲くのやろか」という祇園の料亭「蔦乃家」の三姉妹の末っ子、槇子の言葉から始まった。金閣寺の近くで行われた法事のあとに原谷（はらだに）の桜を観に行ったのだ。無地の着物に黒い帯を締めていた。爛漫の桜と法事の取り合わせは、起伏にとんだドラマの展開を予感させた。

「予告」の文章のキーワードは、「女性の心理を書いても、しょせん男からの一方的見方にすぎない」ということだろう。事実、女性からの視点で書かれた最後の小説となった。女性の性愛の心理を男が書くのは不可能だと知ったのかもしれない。

風俗とあるのは、女性のファッションと考えるとわかりやすい。「女性を書くのはね、難しいんだよ。下着だって一年経つとすぐに変わっているからね」とよくこぼしていた。大げさに言えば、女性の衣裳文化であり、習俗といってもいい。

「男が女に挑んだとするだろう。女はどういうわけか強固に拒否する。男はますますいきり立つけど、どうしてもブラジャーのホックが外れない。前でもないし、引いても押しても、寄せても延ばしても駄目なんだ。半分あきらめていたら、女が身体の下であえぎながら小さな声でタテ、タテとつぶやいているんだよ」

半ば笑い話だが、実体験に間違いない。ことほど左様に、女性との性愛を書くのは難儀な技だといいたかったのだろう。いかに難儀だったたか、具体的な事例はおいおいに説明していきたい。

タイトル文字は書家の篠田桃紅にお願いした。しかし出版の確約はまだ取れていなかった。

第四章　「やぶの会」は「渡辺教授」の「医局」だった

北海道の「直截」と京都の「婉曲」

現代版『細雪』を企図した週刊朝日の連載小説「化粧」は、柔和な京言葉と祇園の料亭の女将や芸妓たちが身にまとう和服の描写が評判を呼んで、順調に滑り出した。京都を舞台にした渡辺淳一の最初の小説「まひる野」は標準語だが、「化粧」は京言葉で書かれている。渡辺自身は祇園のお市から教えてもらっていたと思うが、編集部でもしかるべき人に協力を依頼して毎週、逐一京言葉について校訂をおこなった。

限られた時間のなかで、複雑な手直しに加えて京言葉の校訂も入れなくてはならず、作業はそう簡単ではない。

一口に京言葉といっても、祇園街のような花街と室町辺りの商家や西陣周辺の職人とでは、それぞれ用語もアクセントも微妙に異なる。録音した芸妓の言葉を忠実に文字に再現しても、小説の文章にはならない。「京言葉は濁音が多く、字面から見るとあまり綺麗とはいえない。美しく聞こえるのは、アクセントやイントネーションによって独特の柔らかさが加味されるからだ」と渡辺はいう。しかし小説では残念ながらアクセントまで表現できない。

京都の言葉について、渡辺は、北海道新聞に語り下ろした半生記「愛と生を書き続けて」のなかで、次のように述べている。

〈京言葉には「ノー」という否定語がないのです。例えば、私が、「今晩、どこそこで待っているから会おうよ」と誘うと、芸妓(げいこ)は「おおきに、うれしおす」と答えます。でも、その子は来ません。翌日、その子を呼んで、「待っていたんだよ。今晩こそは」と言っても来ない。私が頭にきて文句を言うと、お茶屋のおかみから、それは嘘ではない、と教えられたのです。「おおきに」というのは、「誘ってくれてありがとう」という意味だと。（略）これに比べて、北海道はまったく明快。札幌のススキノで遊んで、「今晩どうだ」って誘うと「嫌だ」って答えますから。そこまで言わず、すこしはあいまいに断ってよ、と思ったこともありますが……。〉

（『渡辺淳一の世界Ⅱ』集英社）

こんな話も聞いたことがある。

「転居通知には、『お近くにお越しの節は、ぜひ気楽にお立ち寄りください』という決まり文句があるけど、北海道の人は真に受けて、本当に来ちゃうんだよね。不審に思って『何か用かい』と訊くと、『葉書に、寄ってくれと書いてあったじゃないか』と真顔で開き直るんだ」

この北海道の「直截」と京都の「婉曲」の落差が、渡辺をして京都にのめり込ませたのかもしれない。

しかし、川端康成の『古都』や谷崎潤一郎の『細雪』の京言葉はどこか違う、といい、「今、作家で私ほど正確な京言葉を書ける者はいない、と自負しています」とまで自信を持たれてしまうと、「ちょっと言い過ぎじゃありませんか」と突っ込みを入れたくなる。

渋谷公園通りの日々

「化粧」が始まって一か月後に産経新聞夕刊で「愛のごとく」の連載が始まった。渋谷の公園通りにある渡辺淳一の仕事場は、各出版社共通の「別室」だった。夕方に訪ねると、必ず各出版社の編集者が七、八人でたむろしている。映画でいうなら、「渡辺組」の控え室であり、ゴルフ場で出番を待つキャディルームの趣きもあるが、会話の内容は、作家の評価や各社の人事予想の情報交換など、多岐にわたった。原稿が出来上がるのを待っているのだ。まだファクシミリが普及していなかったから、原稿を持ちかえってゲラ（校正刷り）にし、また届けるといった手工業的作業に明け暮れていた。

原稿を入手してから、下版（げはん）（校了）までの時間的な余裕は限られている。原稿が活字になってから著者の「手直し」が入る。作家によってその程度は異なるのだが、渡辺の「直し」は相当に多い。原稿はいわば下書きのようなもので、完成品との間にはかなりの差がある。池波正太郎や平岩弓枝、津村節子などはほとんど手を入れないが、松本清張、五木寛之などは、かなりの赤字が入る。

誰かが、五木の赤字の入ったゲラを見て、「血の滴るようなゲラ」とか、「鬼気迫るゲラ」と表現した記憶がある。あるいは松本清張のゲラ直しを見た五木の発言だったかもしれない。要は自分が納得する小説に仕上げる執念だ。著者がそこに至るまでの余裕の取り方の問題であって、別に池波正太郎や平岩弓枝が、「手を抜いている」わけではない。

携帯電話はなくパソコンもまだ普及していない時期だったから、いきおい仕事場に編集者が集まり、サロンと化した。

渋谷駅から仕事場までの途中、デパートの地下にある食品売り場に寄って、手軽な食材を求めてくる編集者もいた。やがて料理好きの影山勲（産経新聞）が台所に入り、包丁を揮って簡単な料理を作るようになった。そのうち仕事場にある酒を飲み始める。

執筆中の渡辺にできた料理を差し入れたりしているうちに、原稿を書き上げた渡辺も顔を出して一緒に飲み始める。ビールは秘書が用意し、ウイスキーは到来物があった。ある日、影山がフランスパンにハムとチーズを手にして、意気揚々と現れたことがある。渡辺が、「ゲラはどうしたの？」というのに、「しまった」というなり会社に電話して、編集庶務の子どもさん（給仕）を呼び出すと、「俺の机の上にある小説のゲラをオートバイに頼んでくれ！　そこにあるだろう！」と怒鳴りつけた。温厚な渡辺も呆れて、「キミねい、フランスパンよりゲラの方が大切じゃないのかい」と笑っていた。こういう時の渡辺の口調には、「キミねい」の「キミ」に微妙な北海道特有のイントネーションがでる。

作家を囲む編集者の親睦団体「やぶの会」の源流は渋谷の仕事場から発したといってよい。別に原稿を貰う約束が無くても、御用聞きよろしく顔を出す編集者もいた。「別室」の雰囲気が良いのか、このあたりはやはり渡辺淳一の人徳だろう。渡辺自身も、「編集者同士が仲良くなって、それが後に『やぶの会』という、文壇で最大規模の編集者の会のベースになりました」と後に語っている。

編集者は著者の原稿を誰よりも先に読むわけだが、渡辺の文章には、「……のようである」とか「……かもしれない」と曖昧に終わる文末が多いのに気が付いた。断定を避けているのだ。新聞や週刊誌の文章では、考えられない終わり方だった。これには渡辺一流の計算があった。「人間の表面には現れない裏側に潜む心理の襞を書きたい。小説を書く醍醐味はその心理描写にこそある」とよく言っていた。「化粧」を発表してから約一〇年後、文芸誌「小説すばる」に「小説作法」というか「作家の手の内」を公開している。小説を書こうとしている人への一助となることを目論んだ書だが、次のようにある。

〈微妙な心理の綾を書く場合、注意しなければならないのは、あまり断定形をつかわないことです。「こうだ」「そうである」ではなく、「かもしれない」「のようだ」といったように、表現に含みをもたせることで、奥行きのある心理描写が可能になってきます。〉

（『創作の現場から』集英社文庫）

この渡辺がいう「効果」のほどには、異論があるかもしれないが、他の作家にはあまり例をみないユニークな文章といえる。私には、どうしても渡辺本人のやや優柔不断な性格が現れている文章に思えてくるのだが。

「ようである」が二、三行おきに頻出すると、こちらから指摘して直してもらう。「化粧」ではない他の小説だが、文庫版一ページに「ようである」が五か所も出てくる。私が担当編集者だったら、少し言い換えてもらっただろう。

「化粧」の連載はだいたい発売時期と物語の季節は連動していた。真冬に夏のことを書くのは、渡辺の趣味ではなかった。連載が始まって、最初の正月を迎える一九七九年の歳末はことのほかのんびりとしていた。翌年の一月には文藝春秋から『渡辺淳一作品集』全二三巻の刊行がいよいよ始まろうとしていた。第一回の配本はもちろん「化粧」ではなく、札幌時代から直木賞を狙っていた「花埋み」だった。見本もすでに出来上がってきた。

暮れも押し詰まった一二月二九日に仕事場で「正調石狩鍋の会」が開かれた。調理指導・監修は渡辺淳一、調理主任はもちろん影山勲。札幌の炉端焼きの店「サランベ」から立派な鮭が二尾届けられた。渡辺のいう石狩鍋の「正調」は味噌仕立てで生の鮭の頭から尻尾まですべて入れる。野菜は大ぶりに切ったジャガイモ、大根、長ネギなどだ。鍋の半分以上を鮭で満たす。二〇名くらいの編集者が集まり、用意したすべての食材を三台の鍋で食べつくした。影山の包丁さばきと味付けの塩梅に故郷の味を満喫した渡辺は途中でダウンしたが、翌朝まで雀卓を囲む人もいた。翌日は渡辺も加わって、宴は三〇日の夜まで続いた。

年が明けて一九八〇年の三月には、第一四回吉川英治文学賞を受賞した。受賞作品は、『遠き落日』（上下、角川書店）と『長崎ロシア遊女館』（講談社）。黒岩重吾（『天の川の太陽』中央公論社）との二人受賞は初めてのことだ。デビュー作から受賞までは、異例の早さだった。

吉川賞は一九六七年に創設され、第一回が松本清張、第二回が山岡荘八、第三回が川口松太郎という受賞者を見てもわかる通り、そもそもは「幅広い作家活動に対して」といった功労賞的色彩が強かった。第八回の新田次郎『武田信玄』（文藝春秋）からは候補作も発表され、作品が主体となった。第一一回が池波正太郎、第一二回が杉本苑子、第一三回が吉村昭と並んだ受賞者の顔ぶれを見ても、渡辺がいかに「早い」受賞だったかがわかる。

直木賞路線では吉川賞を取ると、「一丁上がり」というか、その後にもらうべき適当な賞はないといってもよかった。ひとしきり渋谷の仕事場で、渡辺が吉川賞の次に受賞する文学賞に話題が及んだ時、中央公論の水口義朗が、「まだあるよ」と声を出した。みなが怪訝な眼差しを向けると、「大宅壮一ノンフィクション賞だよ」とさりげなく言った。渡辺の多くの「男女もの」は、もちろん創作でフィクションだが、それとなく複数の特定の女性の影が透けて見えるからだ。その場に笑いが湧きあがった。渡辺は自室に籠って執筆に勤しんでいたので、聞こえなかったはずだ。

日本初の女性医師、荻野吟子（「花埋み」）や歌人の中城ふみ（「冬の花火」）、黄熱病の野口英世（「遠き落日」）などの伝記小説の系譜があるから、「男女もの」もその延長線上にあると考えたのかもしれない。「中央公論」連載の「白夜」を担当していた水口は酒を嗜まなかったが、独特の岡目八目で皮肉な観察眼を持っていた。渡辺より一歳年下の一九三四年生まれなので、仕事場に集まる編集者仲間では「長老扱い」だった。ノンフィクションのジャンルには伝記も含まれるから、本気で「白夜」の受賞を考えていたのかも知れない。

吉川英治賞の授賞式が終わり、編集者数人が女優Kの山中湖の別荘に泊まりがけで出掛けた。銀座の女性も二、三人いたようだ。私は参加していない。女優のKは渡辺の「麻雀仲間」だった。この小旅行が「やぶの会」のルーツだという人もいる。

北海道の毛蟹と京都のずわい蟹

「化粧」の連載は翌年の一九八一年四月には終わる予定だった。ちょうど二年の計算になる。連載も終わりに近づくと、そろそろ「着地」を考えなくてはいけなかった。京都は金閣寺近くの原谷の桜から始まり、ほぼ季節は同時進行だった。おそらく京都の桜の情景で終わる予感がした。平安神宮の枝垂れ桜は『細雪』に登場するから、どこか他に桜の名所を探すことになるのだろう。

祇園の料亭「蔦乃家」の若女将となった里子は夫がある身ながら東京の大企業専務、椎名（余計なことだが、イ段の文字が二つある）の子供を産む。椎名は神の罰を受けるかのように、マニラに転勤となった。しばしの別れを惜しむ小さな旅に出かける構想はふたりで一致していたから、京都の近くで適当な場所を探す必要があった。渡辺に編集長の畠山哲明と祇園のお市を交えて、飛騨の高山から平湯を抜け、信州の上高地までロケハンしたことがあったが、季節を考えるとあまり相応しくはなかった。

渡辺が初めて丹後の峰山町（現・京丹後市）を訪ねたのは一九八〇年の一〇月二三日だった。文藝春秋主催の講演会で、作家の豊田穣、漫画家のおおば比呂司と一緒に三重県名張市、奈良県五條市、京都府亀岡市と続き、最終日が京都府の峰山町だった。文藝春秋から鈴木重遠が同行している。

講演会に出発する前に、京都でお会いしたい、と都合を尋ねたら、峰山の講演会が終わったら、予定の宿、和久傳には泊まらず、すぐに車で京都に向かうつもりだという。四日間の講演旅行を終えた渡辺は、初めての旅館に泊まるよりも早く京都へ戻りたかったのだ。祇園のお市の顔を見るためだったのかもしれない。私は京都で会うのは別の機会にするから、峰山に泊まったほうがいいと、勧めた。

椎名と里子が出かける「別れの旅」の候補の一つに峰山の和久傳へ蟹を食べに行くプランが私の頭の中にはあったから、和久傳がいかに素晴らしい旅館であるか仔細に説明して、ようやく納得してもらった。

渡辺が最初に泊まった一〇月はまだ蟹の解禁前だったはずだ。北海道育ちの渡辺は、蟹といえば毛蟹が最高と思っている。私は両親が若狭の出だから、小さい頃から越前蟹（ずわい蟹）を食べている。怪異な外見はともかく毛蟹の身はどうも気品に乏しい。渡辺にずわい蟹を一度食べてもらいたい、という思いもあった。講演会からひと月経った一一月末に再び峰山へ行くことになった。

和久傳では女将のKにすっかりお世話になった。「毛蟹なんか、蟹の内に入らない」と主張し、

「ずわい蟹に命を賭ける」女将の剣幕に押されて、実際に間人の港に揚がったばかりの蟹を焼いて食べてみると、渡辺もずわい蟹の美味しさを認めざるをえなかったようだ。この「蟹談義」は「化粧」にも登場するが、拙著『食彩の文学事典』（講談社）にも詳しく書いた。

峰山に着いたら、雪が降っていた。天気雨の「雪バージョン」とでもいうのか、薄い日差しがあった。渡辺は、「雪空に穴があるらしく、雪のうしろに陽が輝いている」と書いている。巧い。作家の文章だ。

和久傳で蟹を堪能した翌日、女将の運転で天橋立まで送ってもらった。助手席に座った渡辺は、車の中でほとんど眠っていた。雪が降り始めたかと思うと、はるかかなたの海上に虹がかかった。

〈一枚の鈍色の壁と見えた空と海に、雪がしきりに降る。見ていると、雪は海から舞い上がっているようでもある。（略）

松島を過ぎ、屏風岩まで戻ったとき、海に虹が見えた。車を停めて見ると、大きく半弧を描いた左端のほうは晴れて、右端のほうはまだ雪が降っている。〉（講談社文庫）

女将はあれだけぐっすり眠っていたセンセイが克明な風景の描写や自分が説明した話を書けるはずがない、と思ったらしい。「週刊朝日」を読むや否や「本当は、重金さんがお書きになったんでしょう」と本人に尋ねたらしい。私が書いたと思われるのは光栄ではあるけれども、ありえない話だった。私の文体ではない。渡辺がきちんと自分で書いた。作家とジャーナリストとでは、文章のテクスチャー（質感）がまったく違う。

実は渡辺には、どこでも眠れるという特技がある。医師だから急な患者があれば当直中の深夜でもたたき起こされるのは日常茶飯のことだ。長時間の手術で「脚持ち」と呼ばれる助手を務めていた時、あまりにも長くなったので、患者の大腿部を抱えたまま眠っていたことがあったとも聞いた。さらに起きてすぐに仕事に取り掛かれるのも特技に加えていい。天橋立への車中でも、おそらくうつらうつらしながら印象に残った光景は言葉に置き換えて、大事に頭のどこかに記憶していたに違いない。その後も、渡辺と女将の親交は続き、私も加わり三人でゴルフをしたこともあった。

「化粧」に続いて、毎日新聞に連載した「ひとひらの雪」や再び「週刊朝日」を舞台に連載した「桜の樹の下で」などを読むと、おぼろにその陰影を感じる。もし文藝春秋の講演会の後、私がどうしても京都で会いたいからと言い張って、渡辺が和久傳に泊まらなかったら、以後の小説にもかなりの影響があったと思う。

この峰山への小旅行で、単行本は朝日新聞社から出版することを渡辺は決断した。

初期短篇の傑作「廃礦にて」のモデル

一九八一年が明けた。二年間にわたる連載小説「化粧」もようやく四月の終着点が見えてきたし、単行本の出版も本決まりとなった。三月から毎日新聞の朝刊で新しい連載小説「ひとひらの雪」が始まる。

二月上旬、渡辺淳一と編集者の有志で北海道の紋別に出かけた。女優のK、影山勲（産経新聞）、鈴木重遠（文藝春秋）、横山征宏（集英社）、龍円正憲（河出書房新社・後に集英社）、大村孝（毎日新聞出版局）に私と八人か、もう一人か二人いたかもしれない。幹事役が誰だったのか記憶にないが、前の日に各々で札幌に入った。

札幌を九時ごろ出発する網走行きの特急で旭川を経て遠軽まで。遠軽から紋別までは雪道を自動車で走った。特急の発車時間まで大通り公園の雪像を見ていたら、毎日新聞の大村孝から声を掛けられた。大村は新潮社に入社し出版部に在籍していたが、「週刊新潮」への異動に首肯せず、毎日新聞の出版局に転じた。それほど書籍の出版の仕事に愛着を持っていた。

大村に毎日新聞で近く始まる連載小説の単行本の出版権について尋ねると、断られたという。同じ新聞社の出版部門で働く者にとっては残念な情報だった。その交換条件として、他の週刊誌に連載した長篇の小説の出版権を提示されたという。連載の始まる前から、そこまで周到に手を打たれたのでは、引き下がるほかはなかったのだろう。

遠軽まで札幌から四時間はかかった。この年は前年の暮れから青森から北陸にかけて、「五六豪雪」といわれる全国的な豪雪に見舞われ、一三〇人を超える死者が出たほどだ。紋別では折しも「オホーツク流氷祭り」が開かれていた。札幌の雪祭りは自衛隊が制作に協力する雪像が呼び物だが、紋別の海岸通りの公園には氷像が並んでいた。やはり自衛隊の協力が必要だった。

どこで夕食を摂って何を食べたのか、まったく記憶にない。二次会で出掛けたスナック「なおみ」のママが、「その節は有難うございました」と渡辺に何度も頭を下げ、私たちに「先生は私の命の恩人だ」と繰り返し話しかけてきた。縦に長いカウンターがあるだけの素朴な店だが、入り口においてあるカラオケセットは最新の機材だった。

聞けば、ママは初期の短篇「廃礦にて」に登場する「患者」だった。直木賞を受賞した一九七〇年の暮れに「母胎流転」（後に改題）のタイトルで「小説現代」に発表した作品だ。編集者のあいだでも、当時の短篇を推奨する人は多い。「廃礦にて」は短篇集の書名にもなっているくらいで、代表的な作品だった。

渡辺は一九五九年に医師の国家試験に合格すると、整形外科学の医局に入り、大学院に進学した。医師の免許を得てから半年にもならないのに、雄別の炭鉱病院に出張を命じられた。まだ二六歳の新米医師だが、肩書だけは整形外科医長だ。あわてて先輩医師について、骨折やアキレス腱の手術を執刀しただけの「急造医師」でしかない。

釧路から鉄道で一時間ほど北に入った三菱系の雄別炭鉱はかなりの量の石炭を産出し、当時の雄別町には一万人くらいの人が住んでいた。山を越えれば阿寒湖だ。炭鉱は落盤や機械事故などによる骨折や脱臼といった派手な外傷が多かった。医師の定員は一〇人だが、常勤は六人で外科系は整形外科に外科、産婦人科の三人しかいない。近くで最も大きい病院は釧路の労災病院だが、車で片道一時間半はかかる。手におえない患者は「大学に連絡して、釧路に送るように。自分で手柄を立てようとするな」と事前に河邨文一郎教授から懇々といわれていた。

以下は、渡辺の述懐と小説「廃礦にて」の記述からの話だ。小説だから当然のごとく脚色や誇張がある。あくまでもフィクションとして読んでいただきたい。

小説では、新米医師の有村が当直の夜、炭住（炭鉱住宅）に住むショック状態の二九歳の朝井千代を往診する。血圧がほとんどない。妊娠四か月というにはお腹が膨らみ過ぎている。輸血と点滴をしても血圧が上がらない。朝井が診察を受けている釧路の山村産婦人科医に連絡すると、彼女は何回も堕しているので、恐らく子宮破裂だという。子宮が裂けたところの胎盤をむしり取って子宮を縫っておけばいい。出血が止まれば、後は何とかするからと簡単にいわれた。

盲腸くらいならともかく、子宮の手術などとてもできないと弱音をはく有村に、「釧路まで運んだり、点滴や輸血だけでは間に合わない」と手術を勧める。というよりは主治医の「指示」、いや「命令」に近かった。有村の診立ても、「このままでは間違いなく死に至る」ということで一致していた。今、「鉱山（やま）」に外科医は自分しかいない、という使命感が有村を奮い立たせた。ベテランの看護婦長に協力してもらい、手術に踏み切った。

有村のメスが腹膜を切り開いた瞬間、腹部にたまっていた血が一気に溢れ出た。おびただしい量で、膿盆（のうぼん）を使って掻き出すほどだった。腹部をまさぐっていると、血の海の中に黄色に輝く球体を見た。「これだ」と手に取ると、婦長が、「それは膀胱です」と教えてくれた。

〈「子宮はその下だな」

有村は医局で見た手術書の図を思い出した。更に掻き出す。二度くり返した時、ようやく膀胱の下に白く部厚い肉塊が目に映った。（略）

山村医師の言ったとおり子宮の上部が大きく破けている。そこから千切られた胎盤の端が顔を出し血を噴き出している。そこがまさしく大出血の源（みなもと）だった。〉　（『廃礦にて』中公文庫）

胎盤を取り出すのは困難な作業だった。芝生に水を撒く回転噴水を思わせるかのように血が噴き出してくる。

「よし、針と糸」と言うと、有村は狂気のように、前後、左右、斜め、とみさかいなく子宮の破裂口に糸をかけた。一〇分ほど経つと、四方八方から縫いかけた糸はようやく効果を表し、破裂部は左右から寄せられた子宮の表面で、袖の先のようにすぼまった。

一応止血は成功し、一時間ほどを要した手術は終わった。しかし血圧は無く、脈搏も無かった。医学書によれば、人間の総血液量は体重の一三分の一。その三分の一が出血すれば、死ぬとある。患者は、四五キロくらいだから、三五〇〇ccとしても、半分以上の二〇〇〇ccはゆうに出ていた。

「あと二、三十分か」

有村は半ばあきらめて自室に戻った。死んでいく経過を見る気持ちにはなれなかった。

しかし奇跡は起こった。看護婦が、「脈搏が感じられる」と知らせてきた。血圧計の水銀柱も微かに波動している。教科書通りなら、死んでいるはずだった。女だから生き返ったので、男なら死んでいた、有村はそんなことを考えていた。

翌日になると、朝井は意識を取戻し、三分粥ではなくもう少しお米の入ったお粥が欲しいと食欲も出てきた。二週間後に朝井は「先生といつか一緒にデートしたいわ」といって、N社の二〇〇〇円のウイスキーを置くと笑顔で退院していった。

四年後に再び雄別炭鉱病院に三か月の出張勤務となった。有村が驚いたのは、朝井が三か月くらいの赤ん坊を抱いて訪ねてきたことだ。「先生がいなかったら、今頃私もこの子もいなかったわ」という言葉に、「違う、それは君自身の力だよ」としか、言いようがなかった。

〈あの子宮が再び甦って子を妊(はら)んだというのか、まさか、あれだけ縛りつけ、いびつに曲ったのに、あれだけ小さく縮こまったのに。

どう言いきかせても有村には信じられない。〉　（前掲書）

いうまでもなく有村は、渡辺と等身大の医師として描かれていた。朝井千代に擬せられた二二年前の元患者が目の前にいる。「先生は私の命の恩人です」としつこく繰り返す小太りのママの言葉には、歳月を超越した感謝の念がリアルに込められていた。

現在の雄別炭鉱の跡地に人は住んでいない。炭住などが廃墟として残っているだけだ。心霊スポットの「秘境」として、肝試しに訪れる人が後を絶たない、と聞いた。本来、医師はあまり患者のことを書くべきではないと思うが、ママは、自分がモデルだと広言し、『廃礦にて』の文庫本も店に置いてあるほどなので、渡辺もエッセイに当時の心境を吐露している。

〈彼女の顔を見ているうちに、当時の恐怖が甦ってきた。

実際そのときは、お腹は開いたが、血の海で仰天し、膝はがたがた震え、膀胱を子宮と間違えて、縫いかけたほどだった。〉　（「紋別まで」『北国通信』集英社）

医師と患者にこのようなドラマティックな邂逅があるとは想像できなかった。ママは「恩人」との再会にテンションが高まったのか、若い声で織井茂子の「黒百合の歌」を熱唱した。慣れた歌いっぷりだ。紋別のカラオケコンクールで優勝した経験があるという。

渡辺は、「初めて出会った女という性への驚きや畏怖を書きたかった」と述べている。若き新米医師にとって、雄別炭鉱病院の出張は、「女性が持つ生命力の強さに男性はとうてい敵わない」

ことを知った。「人間は体内の血液が三分の一以上出血すると死ぬ」という教室で教わった知識を否定された。渡辺は女性に備わった神秘に圧倒され、女性への畏怖さえ感じていた。男性と女性の生命力の違いについては、よく次のような例を持ち出して説明していた。

硬いテーブルの上に、赤ん坊を置いたとする。男の赤ん坊は、泣いたりぐずったりするけれども、女の場合はしばらくするとすやすやと眠ってしまう。環境への順応性が男と女でまったく違う。その違いが生命力に反映する、というのだ。

雄別の炭鉱病院で学んだことは、もう一つあった。社会の現実を知ったことだ。矛盾といってもいい。炭鉱には歴然とした身分格差というか二重構造があった。事務職、鉱員、組夫と呼ばれる下請けの作業員。それぞれ、住むところも買い物をする市場も違う。作業を終えて汗を流す浴室から病院の病室まで差があった。炭鉱会社の病院であって、一般の人や下請けの作業員の病院ではなかった。事故に遭った重傷者を先に手当てしていると、どうして鉱員より組夫を優先するのだ、と文句を言われる。新米の青年医師のまっとうな正義感は、融通が利かない「青二才先生」とレッテルを貼られ、なかなか相手にされなかった。

翌日は札幌まで空路で帰ることになった。車で二〇分ほどの紋別空港（現・オホーツク紋別空港）へ行く途中、スキー場を見ると、渡辺は、一すべりすると言い出した。高校時代は国体を目指していた、と豪語する割にはそれほどの腕前ではなかった。別に転倒したわけではないが、二十数年ぶりのゲレンデに歳月の重みを感じたようだ。

飛行場で待っていた飛行機は、ＤＨＣ－６型機（デ・ハビランド・カナダ）。当時全日空（ＡＮＡ）の主力機だったオランダ製（エンジンは英国のロールスロイス社）のフレンドシップ機と同じで胴体の上部に翼が水平に付いていていた。大きさは、四〇人乗りのフレンドシップの半分くらい、二〇人で満席だった。

よく小さな飛行機が冬の北国の荒天を飛んだものだと感心する。あえぎ、あえぎエンジンを全開にして北見山脈を越える雲と霧の中の飛行だった。渡辺の「もしこの飛行機が落ちたら、日本の出版業界は壊滅的な悲劇を迎えるな」と冗談めかした言葉に笑みも凍えるような飛行だった。予定の到着時刻からかなり遅れて、札幌の丘珠（おかだま）空港に着陸した。札幌の雪はやんでいたが、数日前に降り積もった雪の重みで屋根が押しつぶされた無残な格納庫が私たちを迎えてくれた。北海道の冬の自然の過酷な一端を目の当たりにし、無事に札幌に着いた安堵がさらに増幅した瞬間だった。

「やぶの会」の名前が決まったのは、この紋別行のすぐ後だったと思う。名前の由来は、「藪の中」のように、何があるのかわからないし、何が起こるかわからないところからというのが表向きの説明だ。「やぶ医者」からつけられたもので、渡辺の医師としての腕前と関係がある、と面白くいう人もいた。あくまでもジョークに過ぎなかったが、かなり真面目に信じていた人もいた。集英社の横山征宏が、ある年の誕生パーティーで、「やぶ医者というのは兵庫県の養父（やぶ）市に伝わる本当は名医だった人の話です」とわざわざ披露して、渡辺に説明したことがあると述懐していたから、あながちジョークではなかったのかもしれない。

新聞小説「ひとひらの雪」のヒット

一九七九年の四月から足掛け三年にわたって「週刊朝日」に連載された渡辺淳一の「化粧」は、一九八一年四月に完結した。

「化粧」が終わるのを待っていたかのように三月から毎日新聞の朝刊で、小説「ひとひらの雪」の連載が始まった。題名は、渡辺自身がいたく気に入っていた。野坂昭如は、「雪はひとひら、ふたひらと数えるのか」と揶揄したが、「そういう瑣末なことは超えて、ひとひらでなければいけなかった」と自信を持って断言している。

連載が始まるとすぐにある「事件」が起きた。担当者が原稿一日分をすっ飛ばして、翌日の原稿を紙面に載せてしまった。当時の新聞印刷はまだデジタル化されていなかったから、鉛と錫の重い「活字」を用いていた。作家にもよるが、多くの人は新聞小説の原稿を三回分とか一週間分まとめて渡す。毎日一回分ずつ原稿を渡す人もいるが、少数派だ。なかにはすべて書き終えて自宅の金庫に入れておいた吉村昭や新田次郎のような少数派のなかの少数派もいる。連載中にもしものことがあれば、読者に迷惑が掛かるという慮りである。

それはともかく渡辺の場合は、おそらく数日分を渡したのだろう。新聞の印刷局の活版部では、活字に組んだ「小組（こぐみ）」を棚に保管しておく。棚から出して一頁の「大組（おおぐみ）」にする際に、誤って翌日の回を組み込んでしまった。

私も読んでいたが、どうも昨日の回とつながらない。翌日読んで、「ああ、飛ばしたな」とわかった。あわてて少し手直しをした形跡はあるが、ぎくしゃくした感じは否めない。

渡辺は「原稿を書きためておくと、碌なことはない。これからは一日分ずつ渡すことにするんだ」と笑っていた。訂正を出すよう要求したが、不思議なことに毎日新聞は訂正も出さずに頬被りしてしまった。「訂正を出すと、処分される人がでるから」というわけのわからない理由だった。こういう時、渡辺は比較的寛容な態度をとる。医療の現場にいて、「人間がやることに過誤は避けられない」ことがわかっていたのか。あるいは定年間近の担当者の境遇に同情したのかもしれない。

毎日新聞出版局が「ひとひらの雪」の出版権を取れなかったことはすでに述べた。あくまで仮定の話だが、出版が毎日新聞社に決まっていたら、渡辺はもっと強く出たかもしれないし、激怒して毎日からの出版を取りやめる、と言い出すことも考えられる。あっさり手を引いたのは、やはり多少の引け目があったのかもしれない。

スタート直後に「事件」があったものの、「ひとひらの雪」は連載中から大きな評判を呼んだ。妻子とは離婚の話し中で、二人の女性と派手に関係を持つ男の小説だが、「ひとひら族」なる流行語が生まれたほどだった。「華麗な不倫」を堂々と営む中年男性を指した言葉だ。「釣り落とした魚は大きい」というが、毎日新聞出版局の大村孝にすれば、さぞ悔しい思いをしたことだろう。「化粧」の連載は終わったが、単行本の準備がある。専業の出版社に負けない「本造り」を心がけなくてはならない。折角苦労して出版権を獲得したのに下手な本を出したら渡辺にも申し訳ないし、他の出版社から「それ見たことか」と笑われてしまう。「新聞社はやはり本を作れない」と言われたくはない。担当は図書編集室の福原清憲に決まった。私と同じ歳で、出版社にいた経験もある。私が担当していた池波正太郎の「真田太平記」の出版も手掛けていたので、気心は通じていた。

渋谷の仕事場には相変わらず編集者が集まっていた。福原も「やぶの会」へ顔を出すようになった。渡辺の仕事は毎日新聞の「ひとひらの雪」の他に「中央公論」で、五木寛之の「青春の門」を意識したと思われる自伝的長編小説、「白夜」シリーズが、一九七六年から始まっていた。「彷徨の章」に続いて「青芝の章」を掲載していた。

「やぶの会」といっても、別に規約があるわけではないし、「入会審査」をするわけでもない。ただ渡辺は、「部長などの偉い人ではなく、原稿のやり取りを担当しているヒラの部員たちの集まり」といっていた。駆け出しの無名時代を知っている編集者はそれぞれに社内で出世している。その人たちの前では、渡辺も小さくならざるをえないが、若い人の前なら大きな顔も出来る。

早乙女貢のように一九五五年から一九六五年までの経歴を「作者の意志」として、自分の年譜から抹殺した例もある。五四年の「山本周五郎の知遇を得て創作に専念」から六六年の「直木賞候補になる」までの間が空白なのだ。自分の過去を隠したい何かがあったのだろうか。下積み時代によほど公にしたくない著作を書いたのかもしれないし、当時の事情を知る編集者との付き合いを自ら絶っていったという話も聞いた。渡辺の場合はそんな大仰なことではなく、無名時代を知る人にはどうしても遠慮が抜けず、ただ単に気ぶっせいだからであろう。「初めて単行本を出してもらった出版社や担当編集者には生涯なんとなく頭が上がらず、その編集者に処女をささげたような感じになる」と、含羞（がんしゅう）を込めて述べている。

華麗にして多忙な創作活動の日々

ちょっと話を数年前に戻したい。野口英世の生涯を追った「遠き落日」を「野性時代」（月刊・角川書店）に連載していた渡辺は一九七七年に母校である札幌医大整形外科教室の研修生となった。「化粧」の始まる二年前のことになる。他の連載は、毎日新聞日曜版にエッセイ「公園通りの午後」を寄稿し、小説は「ＭＯＲＥ」（月刊・集英社）に「女優――松井須磨子の生涯」程度で、比較的少なかった。医学ものと歴史ものを書き続けていたのでは、想像力が枯渇すると考えたのだ。やはり小説の本髄はフィクションにある、という持論が甦り、初心に戻りたかったのかもしれない。気分転換と「充電」を計ったのだろう。月の半分を札幌で過ごすことになった。

若くして講師というエリートの道を歩みながら、「石もて追われるごとく」の一面もあった札幌医大の退職から八年ぶりに古巣へ復帰したわけで、「故郷に錦を飾った」ともいえる。同期では三人が教授になっていた。心臓移植手術の和田寿郎は定年となり、東京女子医大に転出していた。恩師の河邨文一郎は暖かく迎えて、東京の出版社から電話が掛かって来ると、「渡辺は、い

本体2700円＋税　ISBN978-4-86528-176-7

松田行正『HATE 真実の敵は憎悪である。』

黒人、黄色人、ユダヤ人にふりかかった人種差別の表現史。当時の気配を立ち上がらせ、人々の憎しみをエスカレートさせてきた手法を明らかにする。

本体2500円＋税　ISBN978-4-86528-205-4

ティム・インゴルド　翻訳：工藤晋、解説：管啓次郎
『ラインズ　線の文化史』
旧来の人類学のイメージを塗り替え、世界的な注目を集める人類学者インゴルドの代表作、待望の邦訳！〈2014年紀伊國屋じんぶん大賞4位〉
本体2750円＋税　ISBN978-4-86528-101-9

ティム・インゴルド　翻訳：金子遊・水野友美子・小林耕二
『メイキング　人類学・考古学・芸術・建築』すべての〈つくるひと〉に送る『ラインズ』につづく邦訳第2弾！
本体3100円＋税　ISBN978-4-86528-179-8

レベッカ・ソルニット　翻訳：東辻賢治郎
『ウォークス　歩くことの精神史』
〈歩くこと〉が思考と文化に深く結びつき、創造力の源泉であることを解き明かす。
本体4500円＋税　ISBN978-4-86528-138-5

モンゴメリ『赤毛のアン』やサリンジャー『バナナフィッシュ』など古今の名作7話を作家・片岡義男と翻訳家鴻巣友季子が競訳！　勝つのは、作家か、翻訳家か？
本体1700円＋税　ISBN978-4-86528-100-2

鴻巣友季子　ゲスト：奥泉光・円城塔・角田光代・水村美苗・星野智幸**『翻訳問答2　創作のヒミツ』**
あの名対局から1年！　『吾輩は猫である』『竹取物語』『雪女』など英訳された日本の古典をもういちど日本に訳し戻すことで広がる物語と言葉の地平線。
本体1700円＋税　ISBN978-4-86528-132-3

清岡智比古**『きみのスライダーがすべり落ちる　その先へ』**
やがて爆けゆく比喩のつややかさよ――苦い高揚、甘やかな炎、多彩なヴォイスが切り拓く抒情の前線。清岡智比古、第一詩集。
本体1800円＋税　ISBN978-4-86528-108-8

清岡智比古**『東京詩　藤村から宇多田まで』**
東京を描いた56篇の詩のアンソロジー。石川啄木、中原中也から宇多田ヒカルまで。吉本隆明氏推薦。
本体2500円＋税　ISBN978-4-903500-19-5

酒井信**『吉田修一論　現代小説の風土と訛り』**
作家・吉田修一の魅力を長崎という土地から解き明かす。ほぼ全作品を解説、小説の舞台マップ付き。
本体2300円＋税　ISBN978-4-86528-210-8

佐川光晴『**主夫になろうよ!**』
「主夫だって輝けるんです!」主夫歴20年子育ても、家事も、仕事も、楽しみながら生きる秘訣とは?
本体1700円+税　ISBN978-4-86528-118-7

佐川光晴『**静かな夜**』
30代後半の主婦ゆかりは、幸せな日々を過ごしていた。あの日、不意に運命が暗転するまでは…。傑作中篇4作品。
本体1600円+税　ISBN978-4-903500-71-3

左右社編集部編『**〆切本**』
漱石から清張、春樹、そして西加奈子まで90人の書き手による悶絶と歓喜の〆切話94篇。泣けて笑えて役立つ、人生の〆切エンターテイメント!
本体2300円+税　ISBN978-4-86528-153-8

左右社編集部編『**〆切本2**』
作家と〆切のアンソロジー待望の第2弾。バルザックから川上未映子まで。作家たちによる勇気と慟哭の80篇。
本体2300円+税　ISBN978-4-86528-177-4

重金敦之『**作家の食と酒と**』
松本清張、池波正太郎、山口瞳、向田邦子、渡辺淳一らを長年担当してきた名編集者がみた、作家たちの食と酒の風景。
本体1800円+税　ISBN978-4-903500-44-7

重金敦之『**編集者の食と酒と**』
「週刊朝日」のベテラン文芸編集者が、自らの体験を交えて作家、書店、書籍を論じる。好評エッセイ、編集者篇。

丸山健二『**我ら亡きあとに津波よ来たれ　上・下**』
養いの親を手に掛け、放浪に身をやつした青年を襲う大津波。圧倒的な筆致で描き出す丸山文学の黙示録。
本体各3700円+税　ISBN978-4-86528-136-1/137-8

丸山健二『**おはぐろとんぼ夜話　全3巻**』
月光と提灯に彩られ、幻想的筆致で描き出す一夜の物語。全一九〇〇ページを超える漆黒の世界。
本体各4600円+税　978-4-86528-169-9/170-5/171-2

紫式部　英訳：アーサー・ウェイリー　日本語訳：毬矢まりえ+森山恵『**源氏物語　A・ウェイリー版第1巻**』
日本の誇る古典のなかの古典、源氏物語の英訳をふたたび現代語に訳し戻し、そのエッセンスをダイレクトに伝える決定版!
本体3200円+税　ISBN978-4-86528-163-7

紫式部　英訳：アーサー・ウェイリー　日本語訳：毬矢まりえ+森山恵『**源氏物語　A・ウェイリー版第2巻**』
瀬戸内寂聴氏が徹夜で読了!大好評、話題のウェイリー版源氏物語、第2巻。
本体3200円+税　ISBN978-4-86528-198-9

村次郎　選者：菅啓次郎
『**もう一人の吾行くごとし秋の風　村次郎 選詩集**』
八戸・鯖に生まれた詩人・村次郎の『全詩集』から、詩人・菅啓次郎が心打たれた70篇をセレクト。
本体1800円+税　ISBN978-4-86528-214-6

山田[illegible]編著

重金敦之『**愚者の説法　賢者のぼやき**』
震災後1年間の人々の心の動きとメディアを巡り綴られたエッセイ43篇。
本体1800円＋税　ISBN978-4-903500-79-9

菅啓次郎
『**本は読めないものだから心配するな**〔**新装版**〕』
旧版刊行時、数々の雑誌で取り上げられ静かな話題を呼んだ、読むことと旅することをめぐる傑作エッセー集が新装版に。
本体1800円＋税　ISBN978-4-903500-59-1

菅啓次郎『**ストレンジオグラフィ　Strangeography**』
批評文にして、紀行。美しい文章で綴られた読書の快楽を堪能する一冊。
本体1800円＋税　ISBN978-4-903500-99-7

菅啓次郎『**ハワイ、蘭嶼**』〔旅の手帖シリーズ〕
ハワイと台湾南端の蘭嶼の風と光を伝える文章から、島の音響が聞こえてくる。人と緑と風が美しいカラー写真64枚！
本体1700円＋税　ISBN978-4-86528-119-4

鈴木貞美『**宮沢賢治　氾濫する生命**』
作品と人生を総合し、全体像を立ち上がらせる賢治研究のニュー・スタンダード！　迷宮世界の歩き方を示す。
本体3700円＋税　ISBN978-4-86528-122-4

高嶋進『**ジァンジァン狂宴**』
忌野清志郎、中島みゆき、矢沢永吉、ユーミンなど若い才能が集い、サブカルの聖地と呼ばれたジァンジァン。伝説的な劇場主による、破天荒な舞台裏を描いた自伝的小説。
本体1700円＋税　ISBN978-4-903500-83-6

高嶋進『**ジァンジァン怪傑**』
本体1700円＋税　ISBN978-4-903500-95-9

千恵、木下龍也──。若い才能が集う現代短歌の世界。その穂村弘以降の全貌を描き出す待望のアンソロジー！
本体2200円＋税　SBN978-4-86528-133-0

佐藤文香編著
『**天の川銀河発電所　Born after 1968　現代俳句ガイドブック**』
いま最もイケてる作家による現代俳句アンソロジー！「おもしろい」「かっこいい」「かわいい」の章ごとに18人ずつ計54人の作品から選句。
本体2200円＋税　ISBN978-4-86528-180-4

山田耕司『**句集　不純**』
現代の重要な俳人の第2句集。インパクト大にしてマイペース。変でポップな重低音が響く。
本体3200円＋税　ISBN978-4-86528-206-1

訳者：雪舟えま
『**BL古典セレクション①　竹取物語　伊勢物語**』
誰もが知っているあの古典をボーイズ・ラブで読む！　ポップで切ない恋物語。カバーイラスト／ヤマシタトモコ。
本体1700円＋税　ISBN978-4-86528-212-2

カレン・ラッセル　翻訳：原瑠美『**スワンプランディア！**』
家族経営のワニ園〈スワンプランディア！〉は、開園以来の危機を迎え…13歳の少女エーヴァが家族を救う冒険にでる！
本体2200円＋税　ISBN978-4-903500-80-5

芸術・デザイン

アーツ前橋、萩原朔太郎記念・水と緑と詩のまち　前橋文学館監修『**ヒツクリコガツクリコ　ことばの生まれる場所**』

本体1700円+税 ISBN978-4-903500-66-9

高嶋進『**八十歳の朝から**』
本体1700円+税 ISBN978-4-86528-123-1

高嶋進『**この骨の群れ／「死の棘」蘇生**』
本体1800円+税 ISBN978-4-86528-151-4

高嶋進『**崖っぷちの自画像　死はほんとうに厄介だ**』
本体1800円+税 ISBN978-4-86528-159-0

トミヤマユキコ+清田隆之『**大学1年生の歩き方　先輩たちが教える転ばぬ先の12のステップ**』
大学生活の転び方と立ち上がり方とは。ありそうでなかった新入生専用マニュアル！
本体1400円+税 ISBN978-4-86528-173-6

濱口竜介・野原位・高橋知由『**カメラの前で演じること　映画「ハッピーアワー」テキスト集成**』
映画作家・濱口竜介の驚くべき映画の方法。「ハッピーアワー」の成立過程を通じて解きあかされる演技術、演出術！
本体2500円+税 ISBN978-4-86528-134-7

古川日出男・宮澤賢治『**春の先の春へ　震災への鎮魂歌**』
宮澤賢治と古川日出男の声と言葉で贈る、震災後の光を探り願うCDブック。小池昌代、管啓次郎のエッセイと解説付。
本体1400円+税 ISBN978-4-903500-70-6

丸山健二『**夢の夜から　口笛の朝まで**』
「渡らず橋」と呼ばれる一本の古い吊り橋を渡る人たち。人生の救済を描く、丸山健二渾身の書きおろし連作小説。
本体3600円+税 ISBN978-4-86528-114-9

コ」のコンセプトブック。
本体2200円+税 ISBN978-4-86528-186-6

アーツ前橋編著『**横堀角次郎と仲間たち展　草土社の細密画から郷里赤城山の風景まで**』
群馬県勢多郡大胡町（現・前橋市）に生まれた画家・横堀角次郎とその仲間たちの作品を交えて開催された初の大規模展覧会公式図録。
本体1850円+税 ISBN978-4-86528-191-0

東京藝術大学大学院映像研究科
『**LOOP　映像メディア学 Vol.6**』
藤幡正樹、桂英史、岡本忠成、山村浩二ほか
本体1200円+税 ISBN978-4-86528-144-6

東京藝術大学大学院映像研究科
『**LOOP　映像メディア学 Vol.7**』
龔卓軍、相馬千秋、高山明、桂英史ほか
本体1800円+税 ISBN978-4-86528-162-0

東京藝術大学大学院映像研究科
『**LOOP　映像メディア学 Vol.8**』
桂英史、マチュー・ラベエユ、アラン・ベルガラ
本体1000円+税 ISBN978-4-86528-207-8

DIC川村記念美術館編
『**WOLS — From the Street to the Cosmos　ヴォルス — 路上から宇宙へ**』
ドイツの画家WOLSの作品と軌跡。2017年のDIC川村記念美術館企画展公式図録。
本体2300円+税 ISBN978-4-86528-172-9

ま忙しい」と答えるよう医局員に指示もしてくれた。

渡辺は、やぶの会に大学時代の医局をイメージしていたのだと思う。自分を医師に育て上げてくれた信頼できる教授がいて、講師としてエリートコースを歩んでいた医局の雰囲気が好きで好きでたまらなかったのに違いない。多忙な東京での執筆生活を逃れ、月の半分ほどを札幌で過ごしてみたら、大学の医局での活気に満ちた生活が甦ってきたのだろうか。将来は教授にまで上り詰めたかもしれない医局勤務の夢を忘れがたく、自分が「教授役」となって「渡辺淳一教室」を作りたかったように思えてならない。それには自分より年上の人は無用だった。

作家という職業は一匹狼の芸術家と同じで、組織に属さないまったくの個人経営者だ。大学の医学部とは対極の位置にあると言ってもいい。心の中のどこかに、いつかは組織で上に立ちたいという上昇志向があったのかもしれない。その頃池波正太郎は私に、「淳ちゃんは銀行や商社などの大企業に入っても、立派に出世する人ですよ」と語っていたのを思い出す。

一九八一年一一月、文藝春秋の『渡辺淳一作品集』(全二三巻)も完結し、「遅ればせの会」なる出版記念会が築地の河庄双園で開かれ、呼びかけの案内状を私が書いた。


皆様、お元気で新年をお迎えのことと思います。

さてこのたび、私どもの共通の友人、ジュンチャンこと、渡辺淳一さんを囲む会を企画いたしました。これといって、きわめつきの理由がないところから、「遅ればばせの会」と名付けました。

渡辺さんが北海道から上京して十二年、東京ではまだ出版記念会は開かれておりません。昨秋には「渡辺淳一作品集」が好評裡に完結しましたが、なお新聞、月刊誌の連載等をかかえ、どうやら今年も、渡辺さんは多忙のようで、編集者にとっては泣かされる年となりそうです。

そこで、親しい友人たちでテレ屋の渡辺さんを引っぱり出し、大いにハッパをかけつつ楽しい一夕を過ごしたいと思います。是非、ご参集ください。

昭和五十七年一月吉日

いやあ、恥ずかしい。この手の文章はかなり書いていて、いささかの自信もあるのだが、いま読み返してみると、あまり良い文章とは言えませんね。若気の至りとしても、未熟でお粗末だ。片仮名が多いのも気になる。「ハッパをかけつつ」は品位に欠ける。書いている私と渡辺淳一との距離感、レンズのアングルが定まっていない。その理由は、言い訳になるが発起人の顔ぶれと会の趣旨が曖昧だったからかもしれない。

発起人の名前を挙げておく。

安藤金次郎、伊賀弘三良、加藤武彦、角川春樹、川合多喜夫、川西政明、川野黎子、草野眞男、高松繁子、千葉豊明、畠山哲明、三木章、水口義朗、藪の会（五十音順）

出版社の現場の責任者が多い。集英社、祥伝社、角川書店、毎日新聞、新潮社、文藝春秋、朝日新聞、講談社、中央公論の部長や局長クラスで、社長は角川春樹くらいのものだ。無名時代を知っている編集者もいる。

千葉豊明は大学同期の親友。渡辺の小説には、男の主人公と親しい友人が必ずといっていいくらいに出て来るが、その友人のイメージは千葉に重ねられる。脳神経外科医で千歳市の千歳豊友会病院の院長だった。加藤武彦は日本航空の広報室。

「藪の会」の文字が見えるが、ここで初めて名前を公的に外部へ発信したことになる。藪でも、ヤブでも構わないのだが、これからは「やぶの会」に統一したい。あえて社長クラスを外したのは、「若僧のくせに派手なことをやりやがって」という世間のやっかみを慮ってのことだろう。出る釘は打たれるのを、警戒したのに違いない。親しい編集者、友人を対象としたごく内輪のパーティーにしたかったことが伺われる。そこに秘められた含羞と遠慮が、案内文の曖昧につながったといえる。

話はちょっと先に進むが、一三年後の一九九五年には作家生活三〇年を記念して、「渡辺さんを囲む会」がロイヤルパークホテルで開かれた。肩書は案内状に記されていないが、次の七氏が発起人だった。

城山三郎（作家）、井川高雄（大王製紙）、鶴田卓彦（日経新聞）、大村彦次郎（講談社）、三田佳子（女優）、渡辺亮徳（東映）、角川歴彦（角川書店）。

二つのパーティーの発起人の顔ぶれを比較すると、歳月の経過もあるが渡辺の上昇志向がみてとれる。もはや釘が出ていたとしても、打つ人はいなくなったということだ。

さて、「遅ればせの会」の出席者は約百人で、河庄双園の大広間をぶち抜いた、着席スタイルの宴会だった。もちろん、銀座からホステスも応援に来た。同業者の顔はほとんど無く、親しい編集者が中心だった。

司会は文藝春秋の鈴木重遠。北海道から恩師の河郁文一郎が上京して祝辞を述べた。他には三木章（講談社）、田中健五（文藝春秋）、若菜正（集英社）が挨拶し、角川春樹が乾杯の音頭を取った。吾妻徳弥が「連獅子」を舞って大いに盛り上がった。

幹事役は祥伝社の渡辺起知夫が務めた。「微笑」に連載した小説「白き狩人」を担当した編集部の野上百合が後に起知夫夫人となったこともあって、渡辺淳一が珍しくも媒酌人を務めている。そんな縁があり、渡辺起知夫はやぶの会の事務局長役を務めていた。手許には起知夫が作った「遅ればせの会」の綿密、詳細な進行表と注意書きが残っているが、二次会は銀座七丁目のクラブ「アカシア」と記されている。

これぞ札幌から同時期に上京し、墨田区でパートの医師をしていた時代に渡辺が警察沙汰となった因縁の西川純子の店だ。彼女とは、後年さらにもう一悶着起こすことになる。

第五章 「化粧」の出版、「桜の樹の下で」と「麻酔」

特に執着したのはディテールの描写

一九八二年四月には「化粧」が上下の二巻本として、朝日新聞社から出版された。装画は原万千子、装丁は熊谷博人。定価は上巻が九八〇円、下巻が九六〇円だった。すぐに映画や芝居の原作となり、日本的伝統美の系譜を受け継ぐ現代的な作品として高く評価された。伝統美の系譜というのは、川端康成、谷崎潤一郎の流れを汲むということであろう。

〈この作品は千枚を超える長編になったが、これを書きながら、わたしは頻繁に京都に出かけ、心身ともに京都につかっていた。当然、前回の『まひる野』のときよりはかなり自信をもって、京都とそこに生きる女性たちを描けたような気がしたが、ここまでくるのに十年近い歳月と、かなりのお金がかかったことはたしかである。〉

（『告白的恋愛論』角川書店）

と記し、「お市は、わたしが京都を描くうえで、なくてはならない女性だった。お市がいなければ、これらの作品は生まれなかった」と、お市へ感謝の意を表している。

一九七四年には、「オール讀物」のグラビア企画「わたしの有縁　無縁」に勝村市子として紹介している。「美貌と頭のよさと、天はこの人に二物を与えているが、たった一つの欠点は、私の小説がみな経験によるのだと錯覚しているところである」とキャプションに記している。

ところで、「化粧」は女の視点から女性の主人公を描いているのだが、「連載予告」にも記したように、こうも自省する。しょせんは男性が考える女性の心理であって、外見からは決してうかがい知れない女性の内面や生理は、男性作家には描けないのではないか。男性は女性に対して寛容で、甘い解釈しかできない。一般的に思われている女性像と違って、大胆で革新的な面があるのではないか。また一方で意外に殺風景な心境が秘められているかもしれない。

特に生理の生々しさは、女性作家に敵わないのではないかといって、渡辺は冨士真奈美の小説の描写を例に挙げる。

ある男性と別れたいと思いながらも別れられない女性の話だ。「これが最後」と思って、関係した後、立ち上がると、膣のなかを精液がタラーッと逆流する。この瞬間の感覚が男への嫌悪感に重なり、別れる決意を確固たるものにしている。この見事なマッチングの妙は男には書けない、と『創作の現場から』(集英社)にある。

私が渡辺から聞いたもう一つの例は、瀬戸内寂聴の小説だった。

「『男は果てた後、死体のように重く私の上に倒れ込んできた』と書いているんだけど、こういうのは、男性には書けないんだな」と話してくれた。

瀬戸内は若い頃、文庫本にして一二〇ページほどの小説「花芯」で、「子宮という内臓を震わせ」、「子宮が押さえきれないうめき声を」とか「子宮が需める快楽」などと、七箇所も「子宮」を頻発させた。花芯とは中国語で子宮のことだ。「子宮作家」とレッテルを貼られ、「文芸誌から干された」と自分でも言っている瀬戸内の表現だけに、リアリティがある。

そういえば、かなり以前に瀬戸内が、「女のことについて男は何もわかっていないのよ。川上宗薫や宇能鴻一郎も全然わかっていない」と、酒の勢いもあってか、熱弁を揮っていたのを思い出した。「私に書かせてごらんなさいよ」と言わんばかりの口ぶりだった。齢九五を越えても、「不倫も恋の一種である。恋は理性の外のもので、突然、雷のように天から降ってくる。雷を避けることはできない。当たったものが宿命である」と、朝日新聞に寄稿した。不倫で騒がれたY衆議院議員への激励だった。

話が逸れた。渡辺は、いかにディテールの描写が小説に重要であるか、と言いたいのだ。面白いエピソードやリアリティに富んだディテールがあれば、ひとつの短篇小説が書けるということである。そして男と女の間には、どうしても理解できない溝があるということでもある。女性の視点から書いた小説は、「化粧」が最後の作品となった。

この頃から、渡辺はゴルフを始めた。例の西川純子が先に始めていた。西川に言わせると、「最初は熱心に練習もせず、うまくなるとはとても思えなかった」そうだ。以前から、「止まっている球を打って、どこがおもしろいのか」といっていた渡辺だが、ひとたび、のめりこむと瞬く間に腕を上げていった。

毎日新聞に連載された「ひとひらの雪」は大ヒットし、「朝早くからみだらな風を吹きまくるお前は死ね」と読者から剃刀の刃が渡辺の許に送られてきたこともあった。ヒロインの霞は、律儀に様式美を順守する「楷書」のような女性だ。凛とした清楚な外面とは裏腹に男の前で乱れるエロティシズムに読者は痺れた。一九八三年二月、「ひとひらの雪」は文藝春秋から出版され、「新情痴文学」の領域をひろげた作品として高く評価された。

女優たちとの対談がめざしたもの

翌年、「やぶの会」の初旅行ということで、埼玉県の鎌北湖へ一泊旅行が行われた。大浴場で目つきの鋭い屈強な男たちと一緒になった。後からわかったが、埼玉県警刑事部捜査一課の研修旅行だった。出版社の編集者だけでなく、映画や演劇関係の人も参加した。その数は四〇名くらいだったか。宴もたけなわになり、ある新聞社の女性記者Kが宴会場の舞台に上がり、浴衣姿で踊った。浴衣の下にはなにも着けていなかった。

新潮社文庫編集部の中村淳良は帰りの車中、渡辺が「歳をとったら、不能小説を書くつもりだ。谷崎の『瘋癲老人日記』のような、不能者の性的感覚は文学の大きなテーマだ」と語ったのを覚えている。この「不能小説」の話は、以後渡辺と各編集者の頭の隅にとどめ置かれることになる。

その頃、私は「週刊朝日」で渡辺淳一をホストにして、女優との対談企画を考えていた。渡辺作品の多くがテレビや映画、舞台の原作として人気だった。女優との友好関係もある。タイトルは「女優問診」と名づけた。的を射たタイトルだったと自賛している。渡辺も気に入ってくれた。

口の悪い「やぶの会」の仲間からは、「女優触診」ではないのか、と冷やかされた。

「週刊朝日」一九八四年の一月六日号から三月三〇日号まで、一二人の女優に登場してもらった。実務のまとめは編集部の平泉悦郎が担当した。函館出身の平泉は、同じ北海道ということで渡辺と話がうまくかみ合ったようだ。一二人の名前を挙げておく。


岸恵子、名取裕子、三田佳子、池上希実子、大原麗子、加賀まりこ、小柳ルミ子、山本陽子、大竹しのぶ、小川真由美、松坂慶子、岩下志麻

初対面の人もいるが、三田佳子、池上希実子、山本陽子、岩下志麻などはかねてから親交があり、山本陽子とはよく雀卓を囲んでいた。

「女優問診」は、五月に『12の素顔――渡辺淳一の女優問診』として朝日新聞社から刊行された。帯の惹句には「爽やかなユーモアと人生の機微」とある。書籍の担当は福原清憲。渡辺は「あとがき」にこう記している。

〈女優さんと対談するのは、易しそうで意外に難しい。

いわゆる体や声で表現する人達なので、必ずしも言葉で現わすのを得意としない人もいる。その人達から、本音をひきだすことは、なかなか根気のいる作業でもあった。（略）

この対談で、わたしは芸能記者のようなインタビューをする気は毛頭なかった。食事をしながら対等にお喋りする。そのなかから楽しいものがあれば拾っていく、というやり方に終始した。

したがって、この対談集はおのおのの女優さん達が日頃考え、思っていることの素直な声であ

るとともに、わたし自身が仕事や愛や生き方について、考えていることのまとめでもある。その意味で、これは対談という形をとったエッセイ集であるともいえる。〉

作家のなかには、人と会って話すのが苦手だったり、人見知りするタイプもあるが、対談のホストも作家のレパートリーの一つ、と考えられていた。編集部から考えると、ネームバリューのある作家の名前と華やかな女優の名前が並ぶのは、誌面に奥行きを与え、彩りが豊かになる。本音は小説を執筆してもらいたいのだが、作家の予定もあり、そう簡単にはいかない。悪くいえば「対談」で、名前を借りお茶を濁しているのだ。

雑誌の対談といえば、その昔「週刊朝日」に長いあいだ連載された徳川無声の「問答有用」が有名だ。相手から話を聞きだすためには、さまざまなテクニックというか手練手管が要求される。聞き手の度量も試されるわけだ。

渡辺は当時「対談の名手」といわれていた吉行淳之介を意識していた。吉行は一九六五年から約四年間、「週刊アサヒ芸能」で、「人間再発見」という対談シリーズを連載し、七〇年から「週刊読売」で「面白半分対談」、七四年から「別冊小説新潮」で、「恐怖対談」を連載した。「週刊読売」の対談のまとめは、後に直木賞を受賞する長部日出雄が担当したのは、よく知られている。

一九七五年には、「もうしばらく対談はしない」と「怠舌宣言」をするのだが、その面白さは単行本としてまとめられている。吉行の書誌を見ると、対談集だけで、単行本、文庫を交えて二〇冊以上もある。こんな作家は他には見当たらない。稀有な人だ。

「女優触診」ではないのか、とちゃちゃが入ったのは、吉行淳之介が一九六一年に作った、「モモ膝三年、シリ八年」なる「アフォリズム」があったからだ。もちろん俗諺の「桃栗三年　柿八年」をもじったもので、本人がこう説明している。

〈酒場の女の子の腿や膝を嫌味でなく撫でられるようになるまでには、酒場がよいを三年する必要がある。お尻となると、八年掛かる、という意味である。〉（『定本・酒場の雑談』集英社文庫）

銀座のバーでホステスの身体に触れるのにも、ある程度の時間と経験が必要条件となる。余計なことだが、俗諺は「柿八年」の後、「枇杷は九年で登りかねる、梅は酸い酸い一八年」とか「柚子のばかめは一八年」と続く場合がある。一八年かけて酒場に通い詰めた挙句の「収穫」の内容については、知る由もない。

野坂昭如が、小説「文壇」を発表した時、「吉行さんが行く店が文壇バー」と喝破した。いまや「文壇バー」は死語となりつつあるが、この野坂の定義は強烈だ。それだけ、吉行が当時の作家の間で、一目置かれていたという証左だろう。「吉行さんがいうことなら間違いない」という風潮があった。

多くの文学賞の選考委員を務めていたこともあって、一九八三年には江藤淳から「文壇人事部長」と揶揄されたが、吉行は「人事担当重役でなきゃ、イヤだよ」と、まったく相手にせず、柳に風と受け流した。

一九七八年に吉行が、「夕暮まで」を発表し、「夕暮れ族」なる言葉が生まれた。この「夕暮まで」を「週刊朝日」で取り上げようとして、渡辺淳一にコメントを求めたことがあった。もちろんすでに読み終わっていた渡辺だが、「今回は勘弁してよ」と断られた。遠慮があったのだろう。渡辺にしては、珍しいことだったので、記憶に残っている。

「やぶの会」とは何だったのか

「やぶの会」の鎌北湖行は好評で、夏には北海道へ行こうと言う話が持ち上がった。石狩川河口近くの石狩郡当別町にトーモク株式会社がスウェーデンヒルズという別荘地を開発し、渡辺は、その一軒を買い求めた。トーモクとしては、「広告塔」としての価値も考えたのかもしれない。新千歳空港から約六五キロ、車で約七五分。札幌駅から札沼線（学園都市線）の石狩太美駅までは約三〇分、札幌の市内中心部からは車で四〇分ほどのところにあった。

約九〇万坪の計画地の中央に二七ホールのスウェーデンヒルズゴルフ倶楽部がある。別荘地に隣接しているといってもいい。夏に当別のスウェーデンヒルズに出掛けるのが「やぶの会」の恒例行事となった。ゴルフ組と観光組にわかれ、一泊二日の日程だった。折角北海道まで行くのだから、ゴルフをやらない手はない。私は渡辺から古いマクレガーのクラブを譲り受け、ゴルフを始めることにした。三五でテニスを始め、一〇年くらいが経っていたから、四五、六の頃だ。

渡辺の「やぶの会」についての考え方は「来るものは阻まず」で、原則「誰でもウエルカム」だった。テレビ、映画関係者、航空業界、観光業界等、編集者に限らずそのメンバーの業種は多彩に広がった。しかし、どうしても、出版関係者というか活字媒体関係者を重視していたように思える。部長や局長といった管理職よりも、実務に携わっている現場の担当編集者を大切にしたいと考えていた。

出版社によってそれぞれ社内事情が異なる。文藝春秋のように社内異動が激しいところは、前任者、後任者が入り乱れ数が増えていく。前任者は、「縁が切れた」わけだから、本来参加する必要はないのだが、万難を排して出席する人が絶えないのは、やはり渡辺の人がらを慕ってのことだろう。集英社は女性向けの雑誌が多く、渡辺の意向で各誌の連載企画に務めて協力していたから、どうしても参加者が増える。一方中央公論社や新潮社などは、異動が少なく、参加者は固定する傾向にあった。別に規模を競っても意味はないが、やぶの会ほどの大人数が集まった作家は珍しい。

先述した新潮社の中村淳良は、「やぶの会」から得た「恩恵」について、次のような言葉を残している。

〈編集者人生のほとんどをカバーするほどの長い期間、会社の同僚のような、あるいはそれ以上の濃い関係を他社の編集者と続けられたのも、ひとえに渡辺さんのお人柄による。〉

（「波」二〇一四年六月号）

新聞界には賛否両論あるが、官庁や企業、スポーツ団体などに「記者クラブ」と称する組織がある。競争相手である他社の人たちと親交が生じる。「協定」と称して、一種の「談合」が行われているのも事実だ。止むに止まれぬ家庭の事情で、出勤できない他社の記者のために、出稿を手助けしたという「美談」もある。出版編集者は「記者クラブ」とは無縁だし、他社の編集者と深く交わることが少ないが、作家との仕事の中で、「作家クラブ」が生まれることもある。「やぶの会」の性格は、報道や広報といった意義とは基本的に異なるが、一人の作家を中心とした「記者クラブ」と言えなくもない。作家によっては、編集者がつるむのを好まない人もいるが、渡辺は好んだということだ。そこを中村は指摘している。

作家を囲む編集者の会は、別に珍しくはない。映画界には「小津組」とか「木下組」という呼び方があるが、映画界から転じて直木賞を受賞した作家は、「〇〇組」と称していた。またある作家は新聞社系の週刊誌の取材には、「出版社の僕の担当者と一緒に来てほしい」と条件をつけた。「人見知り」ともいえるが、何か問題があった時のいわば「身元引受人」と考えたのだろう。政治家や役人が顔見知りの「番記者」とは「なれあい」があるので安心するが、週刊誌や雑誌の記者には、警戒感を抱くのと同じである。

「やぶの会」の人間模様

「やぶの会」の一派に将棋愛好家だけが集う「トン四（死）の会」があった。「頓死」とは将棋用語で、「詰まないはずの手を間違え、一瞬にして詰まれてしまう場合や王手から逃げる際に誤った手を打って負けた場合」を指す。写真家の弦巻勝が世話人で、月に一回程度渡辺の自宅に集まって将棋を指した。夫人が手料理とビールを用意した。最初は鷺宮の頃だから「やぶの会」より古い。弦巻は高田馬場の仕事場に呼び出され、よく将棋を指した。「締切りが来ると無性に駒を持ちたくなるんだ」と言い訳を用意していた。そのうち四人で麻雀に移動することもあり、有馬千代子（頼義夫人）、女優の中原ひとみ、阿佐田哲也、深作欣二、相米慎二などが加わることもあった。

年に一度は泊まりがけで出掛けた。勝浦修九段や田丸昇九段に女流の谷川治恵など、プロの棋士たちも顔を出した。ところが、「やぶの会」と「トン死の会」の会員だったある出版社の編集者がゴルフ中にティーグランドで倒れ、文字通り頓死する事故があってから会の名前を変えたと聞いている。

渡辺淳一の棋風について田丸昇は、自身のブログで次のように述べている。

〈渡辺さんの棋力は二段ぐらい。自ら「愚鈍」の将棋と称しました。奇手やハッタリの類の手は指さず、地道な手を積み重ねて頑張り抜く棋風です。形勢がどんなに悪くなっても、「さあ、どうやって醜くのたうち回って死んでやるか」と言っては、最後まで勝負を捨てません。言い換えれば、絶望的な局面でも楽しめるほど将棋が好きなのです。〉（ブログ「と金横歩き」）

この渡辺に一回だけ勝ったのが池波正太郎だ。一九七四年の秋に文藝春秋の講演旅行でおおば比呂司と三人で東北の白石、相馬、遠野、八戸を回った車中だった。池波は初心者のふりをして、初手に角を飛車のように縦へ動かして、歩を取ったりする。いささか憂鬱になった渡辺は、ビールを手に外の景色を眺めているうちに頓死筋を見落とし、気付いた時には負けていた。「最初のイモ筋は、人を油断させるための仕掛けだったのか」と悔しがったが、池波は「一回だけだよ」とあらかじめ釘を刺していて、その後は盤に向かわなかった。この「大一番」について、渡辺は『雪の北国から』（中公文庫）に記し、池波も渡辺の全集（文藝春秋）月報に寄稿した。

大出版社や零細出版社、プロダクション等、さまざまな編集者やプロデューサーが「やぶの会」には出入りしたが、渡辺は平等に扱った。各社は、渡辺の原稿が欲しいのである。仕事の選択はあくまでも渡辺が決める事柄だった。

なかには、連載の順序や出版時期の調整、文庫化の時期などを「談合」のような形で決める作家もいた。大げさにいえば、一種の「カルテル」かもしれない。作家の方でも「営業内容」をオープンにすることで、公平性をアピールできる利点もある。結論は作家の専決事項に属するのはいうまでもない。渡辺の場合、最終的には科学者らしい合理的な判断がなされるのが常だった。情に流れそうに見えても、決して流されることはなかった。

編集者が数十人も集まれば、当然「嫌われ者」というか、「鼻つまみ者」が存在する。ある直木賞作家の話だ。みんなから顰蹙をかう人がいて、どうにも納まらない一部の編集者が袋叩きにしたいと、くだんの作家に申し入れた。作家は、「君たちの気持ちはよくわかるけど、僕の現在の収入の大部分は彼の雑誌に連載している原稿料に頼っているので、今回は収めてくれ」となだめたという。

「やぶの会」でも、なぜか皆から嫌われているご仁が存在した。その人間関係については渡辺も承知していた。圭角が強いのに間違いはないのだが、別にことさら攻撃的ではなく、悪い人ではないが善人とは言い難い。ゴルフをやっても雀卓を囲んでも嫌われる。どこか陰湿な性格で、「狷介(けんかい)」が斜に構え、拗ねているとでもいえば良いのか。

やぶの会の旅行だったか、麻雀に興じている当のご本人を横目に見ながら、渡辺は私たちと酒を飲みながら聞こえよがしに、「嫌われても　嫌われても　○○○○」だな、と種田山頭火の有名な俳句「分け入っても　分け入っても　青い山」をもじって、にやりとした。ご仁の耳にも入ったと思われるが、別に歯牙にかける風でもない。無神経ともいえる勁い人なのだろう。もしかしたら後年発表した「鈍感力」は、このご仁から発想を得たのかもしれない。ここでも渡辺は公平だった。医者が患者を差別しないのと同じように、平等に「診察」していた。まさにやぶの会の会員はすべて患者のようなものだった。

「12の素顔――渡辺淳一の女優問診」が本になったころ私は、「化粧」に次ぐ「週刊朝日」では第二作となる小説を考えていた。

ゴルフと性愛の関係とは

一九八四年の七月には直木賞の選考委員に就任した。今日出海、阿川弘之、城山三郎といった人たちが選考委員を辞任し、池波正太郎、五木寛之、井上ひさし、源氏鶏太、水上勉、村上元三、山口瞳の七人に減っていた。第91回（八四年上期）から黒岩重吾と共に加わった。選考委員になった初めての会では、蓮城三紀彦の「恋文」と難波利三の「てんのじ村」を受賞作に選んでいる。

以後二九年間にわたり、亡くなる前年の二〇一三年まで選考委員を無欠席で務めた。大変な精勤ぶりだ。選考委員の主義と主張については、また触れる機会があるだろう。

ところで渡辺淳一がゴルフを始めたのは、年譜によると一九八二年とある。「化粧」を刊行した年だ。

夏のやぶの会の当別旅行は大きな恒例行事となった。毎年五〇から六〇人が参加し、最も多い時は七〇人に達したこともあった。全員ゴルフをやるわけではないから、ゴルフ組と観光組に分かれる。宿泊先は渡辺邸だけでは泊まりきれないので、スウェーデンハウスのゲストルームやモデルハウス、当別町のビジネスホテルなどに分宿した。ゴルフ組は朝早く東京を出発し、第一ラウンドが午後にスタートした。翌日は朝から前日のスコア順にペアリングが組まれ、下位の人から順にスタートしていく。北海道のゴルフ場は短い夏を有効に使うため、昼食の時間を取らず午前と午後に分かれてスルー（一八ホールを「通し」）で回る。

渡辺淳一はゴルフを始めた翌年の八三年に丹羽学校に入学している。丹羽文雄は一九五五年、五一歳からゴルフを始め、六年後にはシングルとなった。八五年に八一歳になると、よみうりカントリークラブを40、41のスコアで回り、エージシュートを達成した。

一九六二年ごろ柴田錬三郎と源氏鶏太の二人があまりにもゴルフの腕が上達しないので、業を煮やし「丹羽さん、教えてください」と頭を下げて頼みこんだのが、丹羽学校の始まりとされる。一九九五年まで続いた。「文壇ゴルフ」という言葉があるが、戦前から、作家や評論家をメンバーとして「青蕃会」、「ＰＧＡ」などの会が存在していた。

その後、ゴルフブームと共に各出版社や新聞社が文壇関係者を集めて、ゴルフのコンペを開くようになった。高度経済成長と共に、文士だけでなく猫も杓子もゴルフクラブを振り回す大ブームとなった。雨上がりには駅のホームで傘をクラブに見立て、フォームを研究する光景がそちこちで見られたものだ。

講談社の「群像」編集長だった大久保房男は、「丹羽学校」や多くの文壇ゴルフ会の事務局というか幹事役を務めていた。大久保は純文学の世界で、「鬼の大久保」といわれるほどの名物編集者だった。特に「第三の新人」たちは畏敬の念を抱いていた。遠藤周作などは編集室に入るとブリキ人形のように身体を硬直させて大久保の机まで歩み寄り、鞠躬如（きっきゅうじょ）として微動だにせず直立していたという。

純文学至上主義といってもいいくらいで、中間小説誌や読み物雑誌を、「さし絵がある大衆雑誌」と蔑視していた一面もある。大久保は丹羽から、技術的なことは俺が教えるから、君はエチケットやルールのことを担当しろと「新入会員の教育係」を命じられる。

大久保は戦前からゴルフに親しんでいる川口松太郎や、ゴルフ研究家として知られる摂津茂和、水谷準などから教わったと言うだけあって、エチケットには人一倍うるさいところがあった。ティーイングラウンド（わざわざティーグランドではないと断るところにも、かなりの頑固と偏屈がみて取れる）に上り降りする時は、のり面（傾斜面）に注意し、ホールに向かって素振りをしてはいけない、などとビギナーに説明した。

これにかみついたのが、渡辺淳一だ。なにかにつけあれこれ口を出す小うるさいオヤジだと思っていたら、同じように感じている人たちが少なからずいた。あるコンペのスタート前、忙しそうにしている大久保に向かって「あなたはいったいどこのどなたですか」と、直截に問いただした。本人から聞いた話だ。ただ渡辺ひとりの思い付きではないはずで、誰かに唆されたのか、仲の良い二、三人に計って「勝てる」という確信を得てから、一発かましたのだろう。「それからは静かになったよ」と満足げに言っていた。やはり「純文学」への対抗心がどこかに残っていたのかもしれない。

大久保はこの「事件」に関係があると思われる経緯について、次のような文章を残している。一九八三年軽井沢で行われた講談社主催のゴルフコンペの前日、大久保は講談社の寮で「ビギナーの作家たち」からエチケットとマナーについて質問され、持論を展開した。その年の丹羽学校の忘年宴会で口論になった。

〈私が講談社の寮で説明したことは、楽しくゴルフをしようと考えていたビギナーの作家にとっては、ゴルフの先輩面した脅しのように聞こえたらしい。（略）私はその作家たちとは今まで全然話したこともなかったから、第三の新人の作家たちから真似される私の熊野訛（なまり）の強い喋り方も気にくわなかったのかもしれない。〉

（『文士のゴルフ——丹羽学校の三十三年の歴史に沿って』展望社）

大久保は、ピンに向かって素振りをするな、と教わったので、そう喋ると、「プロでもみなやっているではないか」と反論が出た。この場に渡辺淳一がいたかどうかは、定かではない。多分いたのではないかと推測される。ただ初対面でプレーしたわけでもないのに「ビギナーの作家たち」と断じ、「第三の新人」を持ちだすのは、「自分は純文学の編集者であって、大衆作家の編集者ではない」という意識が垣間見られる。「自覚はないのだが、私の態度は傲慢であるらしい」と書いているところから推してみても、相当厄介で狷介な人であることには間違いない。

私は一度講談社を訪ね、大久保に文学賞の選考委員の文壇的価値と評価について取材したことがある。芥川賞と直木賞の選考委員の顔ぶれが大幅に入れ替わったときだった。つまらなそうに私の話を聞いて、「君はそんなところに興味があるのかい」と厄介払いされた。低俗なゴシップ記事の取材と思われたらしい。

渡辺のゴルフの腕前については、丹羽学校の先輩となる三好徹が、「入学した時から、よく飛ばしていた。丹羽学校の生徒で80を切ったのは渡辺が最初で最後だった。その飛ばしの能力からみても、七十歳代の半ばを過ぎるころにはエージシュートを達成するかもしれないと思った」と、次のように渡辺の飛距離を証言している。

〈わたしが3番ウッドで外した200ヤードのパー3をワンオンしたので、何で打ったかを訊くと、4番アイアンだといった。わたしより二歳若いが、それだけの飛距離を発揮した生徒はいなかった。身長は168センチのわたしよりも少し高いが、スポーツマンの体軀(たいく)ではないように見えた。だが、聞いてみると、北海道出身の彼は、スキーとスケートをずっとやっていたというのだ。わたしには経験がないから断定しかねるが、両競技とも彼の足腰を鍛えたに違いない。〉

(『文壇ゴルフ覚え書』集英社)

当の渡辺淳一は、自分のゴルフについて、ゴルフを始めて五年後に発表した「桜の樹の下で」

の中で、主人公の出版社社長、遊佐恭平に、こう語らせている。遊佐と渡辺は「同一人物」と考えても差し支えあるまい。

〈いまのところハンディは十二で、シングルにいま一歩というところだが、最近ドライバーが飛ぶようになってきた。

五十近くになって飛距離が延びるとは不思議議だが、口の悪い友達は、年をとって体が廻らなくなり、その分だけ下半身が安定したからだという。理屈はなんであれ、飛ぶことは悪くはない。〉

（『桜の樹の下で』朝日新聞社）

執筆時の実年齢は五四歳になっていた。そして次のように分析する。

〈芸事はすべてある日突然、殻を破ったように上手くなるものらしい。ゴルフなどスポーツも同様で、あるときから急にスコアがまとまりだしてくる。日々練習しているのに、それにともなって上達せず、一定の練習が積み重なったとき、突然、階段をかけ上るように腕があがる。

奇妙なたとえだが、性の愉悦もそれに近いところがあるのかもしれない。〉

（前掲書）

ゴルフと性愛を結びつけるところが、いかにも渡辺淳一らしい。

渡辺淳一のゴルフといえば、こんなことがあった。朝の七時ごろ私がまだ布団の中にもぐっているのに、「渡辺ですが、これからゴルフへ行きませんか？」と電話が掛かってきた。一人欠けたので、近くの私をピックアップするつもりだったのだ。折悪く大事な会議が入っていたので、折角のお誘いには応じられなかったが、一瞬その気になってゴルフバッグに手を掛けようとした。残念ながら会社の会議をすっぽかして、ゴルフ場へ出かけるほどの「大物」ではなかった。

長篇小説と短篇小説の考え方

連載小説として「週刊朝日」では第二作目になる「桜の樹の下で」は一九八七年の五月から始まった。渡辺淳一は連載が始まる前の週に、「作者のことば」を寄せている。

〈このところ、各地の桜を見続けてきた。とくに四月の半ばには、京都に行って、枝垂れ桜ばかりを追ってきた。昼間見た紅枝垂れは血の滝のようだったし、公園の明かりに映し出された枝垂れは、夜火事のようであった。

無数の桜を見るうちに、桜がどこか淫らで虚無的な花であることに気がついた。咲きほこる桜は生きていく喜びよりも、死や頽廃を思いおこさせる。

古人は、桜の樹の下には女の死体がうずまっているといったが、桜の花のなかにはひそかな淫蕩が潜んでいる。とくに紅く尾を引く枝垂れには、なまなましい女の情欲が揺れ動いているようである。

花を追い求めた最後の夜、風が出て桜が一斉に散ったが、瞬間、わたしは髪振り乱してのたうつ狂女を見たような気がした。

今度の小説では、そんな女の妖しさと怖さを書いてみたいと思う。〉

（「週刊朝日」一九八七年五月一日号）

さし絵は「化粧」と同じ小松久子で、平安神宮の枝垂れ桜をバックにした二人の写真が添えられている。題字は社員ではないが編集部に長く勤めていた書家の松井芝翠（春子）が書いた。松井芝翠はその後、日経新聞に連載した「失楽園」や読売新聞の「うたかた」の題字も書いた。

連載が始まる頃、短篇「春の怨み」を「小説新潮」に発表している。京都の料亭の女将千加は親密な関係にある東京の客、生駒が娘の美穂に着物を贈ろうとしているのを知り、嫉妬の炎が燃えてきたのに狼狽する。四五歳の母親と大学を出たばかりの娘のあいだにたゆたう意識と感情の縺れを題材にした。京都の四季を背景に母親の愛人へ抱く娘の思慕とそれに気づいた母性愛の揺らぎを描き切り、雅味に富んだ短篇だ。

この「春の怨み」の着想がベースとなり、大きく羽ばたいた作品が、「桜の樹の下で」といえる。京都の料亭「たつむら」の女将辰村菊乃は、神田にある出版社の社長遊佐恭平が京都に来るたびにホテルで逢瀬を楽しんでいる。近く東京に分店を構える計画があるので、遊佐を頼りにしなくてはならない。遊佐は、大学を出たばかりの娘の涼子に魅かれていく。短篇「春の怨み」から、さらに一歩踏み込んで、母娘ともに関係が生じる。

「桜の樹の下で」は、「週刊朝日」に一年間連載し、一九八八年に完結した。「化粧」と同じように桜の季節で始まり、桜で終わっている。

「化粧」では、「ほんまに、なんで桜はこんな一生懸命咲くのやろか」という科白から始まる。「桜の樹の下で」の冒頭は、社長の遊佐恭平が「たつむら」の女将の娘、辰村涼子と平安神宮の神苑で枝垂れ桜を見ている。「花疲れ」という言葉を思い起こした遊佐は、涼子に「桜がこんなにきれいなのは、桜の樹の下には屍体が埋められているからだ」という。二三歳の涼子が「ほんまに……」といって、桜の根元を真剣に見つめるので、「狂ったように咲くのは、人間の狂気がのり移ったのかもしれない。伝説だろうけれども」と遊佐は言い直した。

この話は、梶井基次郎が一九二八年に発表した短篇「桜の樹の下には」(『檸檬』新潮文庫所収)の冒頭にある「桜の樹の下には屍体が埋まっている!」の文章に想を得たものだ。

渡辺淳一は遊佐に、「屍体が埋まっているのは、枝垂れ桜ではないような気がする」と語らせている。空に向かって、枝一杯に溢れるように乱れ咲く染井吉野のほうが桜の狂気を秘めているように思えるというのである。

〈「染井吉野は妖しくて、哀しい感じがするでしょう。咲くときも散るときも、一生懸命すぎて切ない」

「はい」

教師にでも答えるように涼子は堅い返事をした。

「それに較べると、枝垂れは……」

そこまでいいかけて、遊佐が黙ると、「なんでしょう?」というように、涼子が細い首を傾けた。

「少し、淫らだ」

「みだら?」

「なにか淫蕩な感じがしないかな」〉

(『桜の樹の下で』新潮文庫)

桜の樹から生まれ変わったような母娘が泳ぎまわる血の海に遊佐は敢然と飛び込み、惑溺していく情景を予兆させる見事な導入部といえる。

編集の実務は編集部の古田清二が担当した。古田は原稿を入手すると、まだ当時はそんなに普及していなかったワープロで打ちなおして、渡辺に届けた。渡辺がそれに直しを入れると、古田がデータを修正し、印刷局に出稿した。ページごとに組み上がったゲラを再度渡辺の許に送り、確認してもらう。

母親と娘の間で揺れる曖昧（あいたい）とした男の心の振幅を説明するのにベッドシーンを用いるところが、渡辺のもっとも得意とする技巧だ。

〈いつものことだが、菊乃はベッドに入るときに、長襦袢とともに裾よけを付けてくる。白い絹のなめらかなものだが、その紐をはずす作業が一つ残っている。〉（前掲書）

初めはその手間を煩わしいと思った遊佐だが、今は好ましいと思っている。一方、娘の涼子の場合は、またちょっと違う。

〈菊乃と涼子との違いはそのあたりにもあって、涼子は着物を脱ぐと長襦袢一枚でとびこんでくる。それも若者らしく小気味いいが、裾よけの紐を解き、前を開いていく過程には、また別の風情がある。〉（前掲書）

自らもよく着物を着る高樹のぶ子がこんなことをいっていた。

「渡辺さんの小説には、長襦袢一枚になって、布団の端からそろりと入ってくる女性がよく出てくるのですが、当世の着物の着付けはずいぶん変わって来ています。マジックテープやクリップなど、いろいろな新しい器具や装置が開発されて、渡辺さんも苦労したろうと思います。長襦袢一枚になるのも、大変なのです」

俳人の杉田久女が一九一九（大正八）年に発表した有名な句、

花衣　脱ぐやまつはる　紐いろく

を思い起こした。着物の下には、実に多くの紐が用いられている。時代とともに和服の下着も変わっていく。渡辺は小説の中に年月を規定するような描写はできるだけ避けるといっていた。だから映画やテレビの番組、ヒットソングやタレントの名前など、時代が明らかになる具体的な描写はほとんどない。時代を越えて読まれることを考えてのことだ。洋装の下着にもファッションがあるので、取材するのに苦労する、とはすでに述べた。

和服の着付けを通して、渡辺は母と娘の「軀の許し方」を考えている。こんな細かいディテールを詳述するところに渡辺文学の一つの極致がある。

渡辺と大学時代の同級生だった千葉豊明は、「桜の樹の下で」の連載中から、「こんなインモラルな関係は許されるわけがない」と激怒した。「淳の作品はすべて読んでいるけど、この作品は最低だ」という。そこで私が、「インモラルだからこそ、小説になるんじゃないですか」と反論しても、まじめ一筋の脳神経科医は頑として持説を曲げない。渡辺に「千葉さんは、不道徳すぎるといって、怒っていますよ」といっても、「そうかい、いかにも千葉らしいな」といって、にやりとするだけだった。

文学と桜の関係について詳しく、『桜の文学史』（朝日文庫。のち文春新書）を著した国文学者の小川和佑は、この作品を次のように高く評価している。

〈満開のソメイヨシノの巨木には艶麗を超えて妖しい美しさがある。王朝説話の『今昔物語集』以来、桜の樹の下には霊鬼が棲む――桜鬼の言い伝えがある。遊佐が溺れた菊乃、涼子の母と子は美しい桜鬼といっていいだろう。

遊佐はその桜の精のあやかしに魅入られて夢幻界を彷徨する。この長篇の、菊乃、涼子という母と娘を同時に愛する遊佐を、背徳の愛として倫理的に指弾してはなるまい。彼女たちは同じ桜の精であるとともに、この国の文化を確立した王朝においては、美こそ倫理であり、その美の極みは咲き満ちる桜なのであった。

医事小説において人間の生死を凝視した作家は、五十歳の知命の齢を過ぎて、日本の文学の基層に眠っていた美の極みとしての桜美に到達した。〉（『桜の樹の下で』新潮文庫解説）

渡辺は、「桜の樹の下で」の連載が終わると、短篇の「泪壺」を、一九八八年の「オール讀物」六月号に発表した。二月に講談社と日本航空の主催で、シドニーとメルボルンで開かれた講演会に出かけた折に、仕入れたテーマだ。

癌のために三六歳で夭逝した妻の愁子は亡くなる一か月前に自分の骨で壺を作って欲しいと夫の新津雄介に言い遺していた。

「私の骨で作った壺をあなたのそばに置いておいて欲しい。死んでもあなたのそばに居たいのです」

イギリスの磁器ボーンチャイナは牛の骨が入った土で焼成される。遺言通り、クリーム色の白磁の壺が出来上がった。一筋の淡い朱色が肩口からくびれていくなだらかな面に着いている。「これは失敗作です」と陶工は詫びた。雄介は「これは、涙の痕かもしれません。死にたくない、と言っていましたから」と壺を大事に持ちかえった。丁寧に部屋の目のつくところに飾り、寝る時はベッドのサイドテーブルに置き、時には抱きしめることもあった。

一周忌を過ぎて、雄介の許には二人の女性が現れるが、彼女たちはいずれも壺には先妻の霊が残っていると言って、嫌悪の念をあからさまにした。一人は去り、一人は交通事故で命を失くす。二人は壺に妖気を感じ取ったのだ。女性の執念が色鮮やかに描かれ、渡辺の「短篇男女小説」を代表する逸品といえる。

私は旅先で出会ったある年配の女性から、「これは、夫の骨で作ったのよ」と鈍い灰色の球体をビーズで繋ぎ合わせたブレスレットを見せられたことがある。息子はネクタイ止め、娘はペンダントを持っているという。愛する人の一部を常に身に付けていたいのだろう。遺骨をアクセサリーに加工する商売があるということだ。しかし赤の他人から見れば、焼成された灰色の球体は色も美しいわけではなく、ただ妙に生々しいだけだった。

この壺を作るディテールについては、津村節子に教示を受けている。津村は全国の陶芸に精通して著作も多い。まだ携帯電話が今のように普及する前のことで、ようやく自動車電話が出はじめたころだ。確か取材に向かうときだったか、自動車から津村に電話して、実は人骨を焼物に使いたいのだが、と相談していた。人骨を使う可能性や各地の窯元などの情報を得たのだろう。
いうまでもなく津村節子の夫は吉村昭だ。吉村と渡辺は札幌医大の心臓移植を巡り朝日新聞紙上で「論争」した因縁がある。いつまでも怨みを根に持っていたわけではないだろうが、やはりどこか「しこり」が残っているらしく、二人の関係はしっくりとはしなかった。しかし、津村節子とは友好な関係にあった。「女流作家のなかでは、きわめて女性的な人だよ」と、渡辺の津村への評価は高かった。

私は、津村が「週刊朝日」に連載した「冬銀河」を担当したし、佐渡島にも取材で同行した。佐渡は津村の代表作「海鳴」の舞台だからこちらが案内されたようなものだった。自宅へ電話すると、津村が出て、「はい。吉村です」と答えるのには、同じ作家として何かしらの屈託があったはずである。そんなきめ細やかで控えめな気配りが、渡辺の気に入った点かもしれない。

渡辺淳一は短篇小説と長篇小説の違いについて、次の言葉を残している。

〈一本の大根を、長篇小説では縦（たて）に、芯（しん）のところを真っ二つに割っていくのに対して、短篇小説は一点だけ輪切りにして、その水々しさを示すような手法である。〉

（『泪壺』講談社文庫あとがき）

渡辺は「理でないリアリティ」という言葉をよく用いる。小説は論理や理屈では説明できない、人間だけが持つ妖しくも不思議な感性や感覚の世界を描くものだという。長篇は正面から真っ向にぶつかっていくが、短篇は静かに一点から覗き見るようなものというのだ。一点を「小道具」

と置き換えてみるといい。「春の怨み」では「着物」であり、「泪壺」の場合はもちろん、涙の痕がある「壺」だ。

では、「桜の樹の下で」の桜は何かというと「大道具」で、しかも「狂言回し」の役割も兼ね備え、長篇小説の全篇を流れる主題にさえなっている。渡辺が考えている長篇と短篇の違いが、おわかりいただけたであろうか。

「桜の樹の下で」は一九八九年四月に朝日新聞社から出版された。装画は加山又造で装丁は三村淳が担当した。以後三村は多くの渡辺作品の装丁を手がけるようになる。

渡辺淳一が「週刊朝日」に「桜の樹の下で」を連載している一九八七年の五月、私は朝日新聞社から『気分はいつも食前酒』を出版した。七〇年に出版した『ミツバチの旅』(朝日新聞社)に次ぐ二冊目の著作だった。味見好三というペンベームで「週刊朝日」に書いたコラムを中心に、中国の旅行記などをまとめた。中国が海外からの観光客をようやく受け入れ始めた時期だった。装画は風間完、装丁は朝日新聞広告局の片岡一郎。渡辺淳一とやぶの会のメンバーが、出版記念会を開いてくれた。会場は銀座のクラブ「グレ」の光安久美子が経営する一軒家のイタリア料理「モランディ」(東銀座)だった。シェフは現在青山で活躍している奥山忠士だったと記憶している。面倒な幹事役を、講談社学芸図書の村松恒雄と渡辺事務所の小西恵美子が引き受けてくれた。

渡辺淳一からは、「君の文章は、どこか味があるから、このまま続けていけばいい」と有り難い激励の言葉をいただいた。何よりの自信になったことはいうまでもない。

そんな頃、深夜に渡辺淳一と秘書の小西恵美子が我が家に立ち寄ったことがあった。渋谷の事務所と渡辺の自宅の間に、拙宅はある。電車でも一緒に帰ったことがあるが、私の方が手前の駅で降りる。対談の後か、打ち合わせの後だったたか、車で送ることになったから、ちょっと上がってもらった。

「女性の生涯には必ず美しい時期があるものだ」

などと家内を交えて、話がはずみ、

「お正月に知人が子供を連れて家に来るだろう。すると『オジチャンに抱っこしてもらいなさい』なんていって、子どもを預けてくるんだよね。自分の子供だって抱っこしたことなんかないのに、他人の子供を抱かされても面白いわけがないよね。あれは実に困る」

と饒舌だった。ウイスキーの水割りを四、五杯は飲んだだろうか。「小西君、ここの勘定、払っといてね」といいながら、ご機嫌で帰っていった。後から冗談に請求書を送ろうと思ったが、もちろん止めた。

一九八九年に私が新月刊誌「月刊Ａｓａｈｉ」へ異動になり、第一戦で活躍しているキャリアウーマンと渡辺の対談を企画した。検事・弁護士、トレーダー・ディーラー、一級建築士、医師など毎月同業種から三人の女性を囲みながらの座談会というか対談である。女性には不向きで、男性中心と思われていた職種を選んだ。九〇年に「渡辺淳一対談集　いま、ワーキングウーマンは…」と題して、朝日新聞社から出版された。

渡辺は「あとがき」に「いずれもこれまで女性の進出が少なく、それゆえにこれから女性が、新たに働く分野として期待される。これから社会にでる女性達はもちろん、すでに社会にでている女性も含めて、一つの刺戟となるとともに、男性達にも働く女性を知るきっかけになれば幸いである」と書いた。今どきのけったいな自民党の「女性活躍推進本部」や内閣の「働き方改革」が泣いて喜ぶような内容を二〇年も前に先取りしていたわけだ。

一九九〇年の一一月から、「週刊新潮」で「何処へ」の連載が始まった。自伝的長篇小説「白夜」の続篇に当たる。東京新聞の匿名コラム「大波小波」で、「昭和最後の無頼派」と書かれた。揶揄というよりは、「讃嘆」の感じがあった。

吉川英治賞の選考委員となり、文壇的地位を確立する

九二年の四月から一二月にかけて朝日新聞の朝刊で、小説「麻酔」の連載が始まった。当時五八歳。さし絵は小松久子。脊椎麻酔中の心停止事故という深刻な医療事故をテーマにした、久しぶりの「医学もの」だった。

編集局学芸部員のEが担当した。新聞記者は編集者でないから、作家との付き合いは慣れていない。もちろんその人の個性によるところが大きいのだが、しっくりとなじまないケースが多い。なにかにつけ、作家を立てて仕事をする編集者の姿勢と新聞記者が本能的に備えている取材対象への肉薄は相容れないものがある。作家を通じて自己主張する編集者と自らの体力と問題意識を武器に自己主張する新聞記者の違いでもある。Eは「やぶの会」の行事に加わることもなかった。

それはともかく、渡辺が「麻酔」で書きたかったのは、「科学が進歩し、医療の最先端でいかに精緻なテクニックが開発されようとも、それを操るのは常に人間で、ちょっとした不注意や思い違い、些細な過失がついて回る。だからといって許されるわけではないが、医療事故の原因を突き詰めると、その多くは『人間の過ち』にたどり着く。今後どんなに科学が進化しても、医療事故の問題がなくなることはない」ということに尽きる。

小説の出来ばえについて、「医学物としてそれなりによく書けていて、ドラマにもなったが、あまり満足していない。ある意味まとまりすぎていて嫌味がない」（『いま語る　私の歩んだ道』北海道新聞社）と渡辺は述懐している。医療事故というシリアスなテーマなので、ドラマティックな展開があるわけではないのだが、知人の女性から、「『麻酔』って、何かきちんとしすぎてつまらない」といわれて、いたく反省する。

その理由について、「徐々に文壇的地位を確立したのにつれ、気迫が緩んでいた」と分析する。日常の生活も落ち着き、すべてが安定志向になっていた。吉川英治文学賞の選考委員（九一年）になり、日本アイスランド協会の会長に就任（同年）した。九二年には経済企画庁（当時）の諮問機関である経済審議会地球的課題部会の審議委員を委嘱される。

「つまらない」と周辺の女性からいわれたことで、「ようし、それじゃあ、とんでもないものを書いてやろう」と反発するところが、渡辺の勁さであり、真骨頂でもある。「もう一度嫌われて、嫉妬される存在にならないと駄目だ」と自らに言い聞かせた。この発奮が後の「失楽園」執筆の直接的動機となった。

私は九三年四月には三冊目となる『メニューの余白』を講談社学芸図書第二編集部から刊行した。二冊目の『気分はいつも食前酒』に関心を持った講談社の村松恒雄が担当した。月刊「専門料理」に味見好三の名前で連載したコラム「慧眼酔眼」を土台にして、大幅に書き足したものだ。連載中は、テーマが多岐にわたっているため、味見好三なる筆者は一人でなく複数のライターが書いていると風評が立った。うれしい誤解だ。装画は風間完、題字は加藤芳郎、カットは山田紳にお願いした。加藤芳郎は、「漫画ではなく、文字だけを依頼されたのは初めてだ」と面白がってくれた。

一九九三年の七月に「麻酔」は朝日新聞社から単行本として刊行された。装画は福田千恵子、造本は神田昇和、編集は福原清憲が引き続き担当した。

一一月六日にやぶの会が主催して、「還暦を祝う会」が三島の別荘で開かれた。鈴木重遠や福原清憲とテニスをした記憶がある。

還暦を祝福するかのように、川西政明が『リラ冷え伝説——渡辺淳一の世界』を集英社から出版した。一二月に私は「週刊朝日」の「週刊図書館」に書評を書いているので、以下に紹介したい。

〈無名時代の作家にとって、良き編集者と巡り会えるか否かは、その作家の命運を左右する重大事であろう。一方、編集者の側からすれば、作家との距離をどの程度に保つかが、きわめてむずかしい。

よく某々を育てた名編集者だとか、某々はあの編集者によって発掘されたなどといわれる。しかし、一人の有名な作家を世に出した裏側で、多くの作家志望者の才能の芽がその編集者によって摘み取られていることもあるのだ。それは人と人との出会いがもたらす運命のいたずらのようなものかもしれないが、ここにその出会いが見事に結実した例がある。

渡辺淳一は、札幌医大の講師時代に河出書房の編集者だった著者、川西政明にめぐり会った。著者は新潮同人雑誌賞を受賞した『死化粧』（芥川賞候補）や『霙』（直木賞候補）を読んで、「この作者は書ける」という編集者の直感を得たという。

和田寿郎氏の心臓移植手術をめぐって、大学にいづらくなり、家族を残して上京した渡辺淳一に、著者は書き下ろし『花埋み』で直木賞を取らせようとする。結果は、刊行直前に『光と影』で受賞してしまうのだが、その編集者の目から見た直木賞作家誕生までの丹念な評伝が本書の主体となっている。

渡辺家のルーツから説き起こし、『阿寒に果つ』の時任純子から『何処へ』の水口裕子まで、自伝的な作品のモデルや関係者にできる限り会い、その実名を明かして証言を得ている。精緻な取材に裏打ちされた分析は鋭利で、三島由紀夫の新潮同人雑誌賞の選評、「『死化粧』の実感主義は、良心をまぶしたドキュメンタリーという気味があって、買わない」といった貴重な指摘も発掘、採録している。

荒っぽい分類だが、渡辺作品は①医学から見た人間の生と死、②荻野吟子、野口英世、松井須磨子など歴史上の人物を描いた評伝、③『化粧』『化身』『ひとひらの雪』など現代における愛のかたちの三つに分けられる。それぞれはあざなわれた縄のように截然（せつぜん）とはしないのだが、著者はそれを丁寧に解きほぐし、渡辺淳一の人と作品を多角的に曝(さら)しだすことに成功した。

活躍中の現役作家が、ここまで第三者にまっとうな評伝を書かせたのは稀有な例であろう。良き編集者たちにめぐり会えた渡辺淳一は幸福な作家といえる。ゆえにというべきだろうが、繊細さと図太さを併せもつ渡辺淳一は、いくら過去に交渉のあったモデルの実名を明かされようとも、この程度ではほとんど痛みを感じてはいないだろう。

著者は、「これらの文章を私は渡辺淳一との友情のため書いた」と記すが、友情のために書けなかったこともあるはずだ。

友情の壁を乗り越え、もっとお互いが殴りあい、傷ついたとき、作家、川西政明が誕生するのかもしれない。編集者と作家の距離がむずかしいといったゆえんである。〉

（「週刊朝日」一九九四年一月七、一四日合併号）

忘年会の場だったが、この書評を読んだ川西政明は、「別に作家になりたいわけではないけど……」と小声でぶつぶつ言っていたが、そばで渡辺淳一はにこやかに笑っていた。

年が明け、渡辺から届いた賀状には、「なにをもて新春というか寝そべる犬」と印刷された俳句の傍らに、万年筆で、「書評なかなか味がきいて、面白かったです」と記してあった。

第六章　母、渡辺ミドリによる渡辺家の遺徳

「札幌のおふくろが喜んでいたよ」

一九九四年五月に、渡辺淳一の母親ミドリが札幌で亡くなった。享年八七。長男の淳一は還暦を迎えた六〇歳だった。

渡辺家のルーツについては、川西政明の『リラ冷え伝説――渡辺淳一の世界』（集英社）の資料に拠って書き進めていきたい。

東京麹町区（現・千代田区）の麹町に生まれた、ミドリの父渡辺宇太郎は北海道に渡り、小樽で警察官をしていた。美唄（びばい）で佐渡島出身の仙田イセと知り合い、空知郡歌志内村（現・歌志内市）に雑貨屋を開く。歌志内が石炭の産出で好況を呈していたころで、味噌、醤油、酒から煙草、灯油などあらゆる生活用品を売る渡辺商店は歌志内随一の商店だった。雑貨屋というよりは今でいうスーパーマーケットに近かったのではないかと考えられる。

ミドリの母、渡辺イセは三人の娘を産み、ミドリは末娘である。ミドリが五歳になった年に父

の宇太郎が亡くなった。その後はイセが一人で店を守り抜いた。教育熱心だったイセは幸い財力にも恵まれ、三人の娘をいずれも高等女学校まで通わせている。当時の教育事情を考えると一般の家庭ではなかなかできないことだった。ミドリは札幌に出て、中島にあった北海道庁立札幌高等女学校で学んだ。もちろん下宿である。ミドリは卒業すると、上砂川尋常高等小学校の先生となる。家業の雑貨店はイセがすべてを差配していた。

渡辺淳一の父、米沢鉄次郎の家族は秋田県の仙北郡六郷町（現・美郷町）出身で、鉄次郎は空知郡の幌内炭鉱で生まれた。六男三女の三男で、勉強が好きだった鉄次郎は岩見沢尋常高等小学校を卒業すると、苦学しながら札幌師範へ進んだ。当時の師範学校は、学費が免除され、寄宿舎での生活が保障されていた。師範学校の卒業と同時に、渡辺ミドリが勤める上砂川の尋常高等小学校の先生となった。そこで一歳上のミドリと知り合い、結婚する。祖母イセは、「渡辺家を守る」という大命題を抱えていたため、鉄次郎は渡辺家の婿養子となった。一九二八年のことだ。ミドリは翌年小学校を退職し、長女淑子が生まれた。

向学心に燃えた鉄次郎は三井砂川鉱業所に勤める大学出の社員から高等数学を学び、上級学校の数学教師の資格を取得する。一九三三年一〇月二四日午前三時二〇分に渡辺鉄次郎とミドリの長男淳一が砂川町字上砂川の三井砂川鉱業所の職員住宅で産声を上げた。上級職員のための住宅で、教育を重視していた鉱業所が学校の先生のために、優先的に提供していたのだ。

一九四〇年四月、渡辺淳一は父親の勤める上砂川尋常高等小学校に入学した。自分の学究と子供たちの教育に熱意をもっていた鉄次郎は、一九四二年に旭川師範へ転勤となる。淳一は旭川師範附属国民学校初等科の三年生に編入した。一九四四年、鉄次郎が北海道庁立工業学校（定時制＝現・北海道立北海道札幌工業高等学校）の数学教師の職を得て、一家で札幌に移る。淳一は札幌市立幌西尋常国民学校の初等科五年に編入した。一九四六年三月に幌西尋常国民学校を卒業すると、淳一は北海道庁立札幌第一中学校に入学した。

私はミドリに会うことはなかったが、渡辺淳一からよく話を聞いた。一九八五年の五月に、「週刊朝日」の人気企画「篠山紀信の女子大生表紙シリーズ」に渡辺の長女が登場した。選考の段階で特別に便宜を図ったわけではないが、面接のときに、とぼけて「渡辺淳一さんの小説は読みますか」と聞いたのを覚えている。

雑誌が発売になったら、「札幌のおふくろが喜んでいたよ」とぼそっと、もらした。毎日書店まで出かけて眺めているらしい、とつけくわえた。もちろん東京の家庭でも喜んだはずだが、あえて触れず、「札幌のおふくろ」を持ちだしたところに、「脱家庭」のポーズ（姿勢）を取りながらも、「うれしさと感謝」の意を感じ取った。「親孝行ができましたね」と言わずもがなのダメを押したら、「まあね」と恥ずかしそうに顔をほころばした。

母親のミドリが息子の淳一に向かって、「おまえの浮気は病気ではない。病気なら治るが、お前の浮気は治る見込みがないから」といい切った話はすでに述べた。妻の敏子にも縷々説明したに違いない。淳一によると、そういうときの口ぶりは、楽しげだったという。北海道の風土特有の大陸的であけっぴろげな明るい人だった。生家に女性を連れていっても、何も言わずにご馳走してくれた。しばらく経って別の女性を連れて行き、その子が遠慮して食べないと、「どうしたの、前の人はもっと食べたわよ」と実にさばけた性格だった。この話は淳一自身が語っているのだが、おそらく結婚する前の逸話だと思われる。ミドリから学んだことは「好きなことは何でも思い切りやりなさい。でも責任は自分でとりなさい」ということだった。

川西政明は、前掲書で、次のように断じている。

〈渡辺淳一というのは、祖母イセ、母ミドリによって醸成された渡辺家の気風の純粋培養だといえる。

淳一は渡辺家を継ぐ者として大切にのびのびと育てられた。渡辺家の資産がそれを可能にしたのでもある。〉

奇しくも、イセは三姉妹の母であり、淳一もまた三姉妹の父となった。川西が指摘する「渡辺家の気風」が、淳一にとって解き放たれることができない「桎梏」になったことはないのだろうか。

渡辺は、堂々と母ミドリを自慢する。例えば、食べ物でいうとイクラの醤油漬けがある。数多い著作の中で、一冊だけ食べ物について書いた本がある。『これを食べなきゃ——わたしの食物史』は「母のイクラをたべさせたい」という章から始まる。

銀座の鮨屋の職人に母親が漬けたイクラを食べさせたら、「これを仕入れるわけには行きませんか」と尋ねられた。「やぶの会」の料理番、産経新聞の影山勲は、札幌まで出かけてミドリから直接手ほどきを受けてきた。その極意は、「イクラを丁寧に洗うこと」に尽きるそうだ。

〈母の味を褒めると、往々にして、それは長年、その味に舌が馴染んだせいだといわれてしまう。

要するに、味覚的にローカルで、それしか受け入れられなくなった結果だ、というわけである。さらには、母の味に固執するのは、マザコンの裏返しだ、という人もいる。たしかにそういう面もあるかもしれないが、それでも「旨いものは旨い」としかいいようがない。〉

（『これを食べなきゃ』集英社文庫）

札幌から母が作ったイクラを送ってもらって、イクラ丼の店を銀座に開業するのが夢とまで言っていた時期もあった。銀座の地価とイクラの原価のバランスの折り合いがつかないので、結局は「夢物語」のアイディア倒れに終わった。母の死後、「わたしの舌に、母のイクラの味は変わることなく滲みついている」と強がってはいたが、やはりどこか寂しげだった。

「浮気」を愛人の視点から描くまで

母のミドリも妻の敏子も淳一が家庭の外で、女性と親しくなっているのを承知していた。渡辺は「浮気」と表現することもあるが、当の男や女性の立場からすれば、ごく単純にあっさり「浮気」と片づけてもらいたくないという人もいるに違いない。また渡辺は、「不倫」という言葉も軽々しくは使わない。

中期の短篇には、妻と妻以外の女性の間で浮遊し迷走する男性を主題にした作品が複数ある。言葉を厳密に吟味していくと、複雑になって混乱するので、わかりやすく、男（夫）、妻、恋人と単純にして説明する。いわゆる「三角関係」である。

恋人から見ると、男に妻と子供の「家庭」を感じるとき、複雑な感情が生じる。企業に勤める恋人と文筆業の男は妻の目を盗んで京都へ旅行する。旅先で男は恋人に気づかれないように、子どもへのお土産を秘かに買うが、恋人の鋭い嗅覚でわかってしまう。またホテルのバーで、男は寄稿先の出版社の編集者とばったり会うが、恋人を相手に紹介しない。

「奥さんだったら、紹介するはずだわ」と機嫌が悪くなる。妻は男（夫）が恋人と一緒に旅行しているに違いない、とうすうす感じている。妻は恋人のアパートに電話を掛け、訪ねていく。

これは、いずれも一九七九年から産経新聞夕刊に連載した長編小説「愛のごとく」に出てくる話だ。小説では三人の関係に決着が付いていない。うだうだ、のらりくらり、ずるずると煮え切らない関係が続く。曖昧、軟弱、優柔不断、逡巡、躊躇、因循、韜晦といった言葉は男だけでなく妻にも恋人にも及ぶ。妻や恋人はさらに、嫉妬、逆上、不審、狷介、怨嗟、狡猾、執拗、復讐、反撃といった言葉でも分析しなくてはなるまい。もちろん、こんな単純化された二字熟語で説明されているわけではない。もっと心理の綾を紡いではほぐし、編んではほぐすといった作業が綿密に繰り返されている。

この三つの点と線の軌跡が織りなす構図は、多くの短篇小説に描かれている。

一九八〇年に『渡辺淳一の世界』（集英社）に書き下ろされた「マリッジリング」（『泪壺』講談社文庫所収）は、課長の男が同じ会社の部下の恋人と結ばれた時、指輪を外さなかった。恋人が指輪を気にしていることを察した男は、ある日、指輪をはずしてホテルに入った。指輪があったところには、別の生きもののように帯状に形どられた白茶けた痕が残っていた。恋人には男と妻の重くて長い歳月を誇示する毒々しい「魔物」に見えた。寝ている男をそのままにして、恋人は夜更けにホテルから独り去っていく。

同じ年、「オール讀物」に発表された「午後の別れ」(『風の噂』新潮文庫所収)は、実に些細なというか不可解な男の行動が恋人の不興を買う。

男はいつも妻に、「ゴルフで一泊する」といって恋人のマンションで過ごす。律儀といえば律儀だが、繊細さに欠けている。夕刻になって家に戻るときは、「帰ろうかな」とは言わずに「行こうかな」といって、部屋を出る。恋人はそんな関係に「飽き」がきているが、なかなか「きっかけ」がつかめない。その日も帰るときになって、一人では食欲も出て来そうにないのに、「これから晩ご飯は何を食べるの?」と無神経に聞いてくる。

不機嫌を察した男は、帰り道に新宿へ行ってご飯を食べようととりなすが、あまり気が進まない。駅前からタクシーに乗ろうとして、薬屋の「特売」という広告のビラに目をとめた男は、「これ安いな」と言って、剃刀の刃とチューブの歯磨きを買って、ゴルフの着替えが入っているバッグの中に押し込んだ。男に妻と子どもがいることは百も承知しているが、「明るくてスマート」と思い込んでいたイメージが潮に流されるように崩れていった。

長篇小説「愛のごとく」にも、男が恋人のマンションから自宅に帰る途中に、バーゲンの化粧雑貨を買う情景がある。恋人にすれば、虚構の「夢空間」から現実の「本宅」に戻る姿を見せつけられるわけだから、嫌気を感じるのは無理もない。まさに見てはならないおぞましい姿だ。実際は質素な生活であっても、男と一緒にいる時だけは豪奢な気分でいたい。小さなマンションの部屋であっても、恋人がいれば、王宮に匹敵するのだ。

同じように、妻の許に帰るとき、駅前の化粧品店で、安いチューブの歯磨きを三本買う姿に、家族の姿を想像して、別れる決断をするのが、一九八六年に「小説新潮」に発表した「さよなら、さよなら」（『泪壺』講談社文庫所収）だ。毎月まとまった小遣を与えている男は、土曜日に泊まって日曜の午後に帰る。妻には仕事で外泊する、という口実を告げていた。恋人は、「家を守るために汲々としているただの男にすぎない」といささかうんざりし始めていた。倦怠から生じた逡巡に決定的な区切りをつけたのは、安い歯磨きを買う男の姿だった。しかしその理由は言えない。言ったとしても納得するはずがない。「なにを、つまらぬこと……」と一蹴されるだけだ。男は、電話口で「なぜ別れるのだ。理由を言え」と強く迫ってくる。さらにしつこく「他に男ができたのか」と詰め寄る。もし好きな男性が現れたら、どれだけ楽なことか、と思いながら電話を切る。

一九八九年に「小説現代」に発表した「春の別れ」（『泪壺』講談社文庫所収）の恋人はデザイナーで、妻子のある男の「結婚しよう」という言葉を半ば信じかけていた。いそいそと男のズボンをプレスし、下着を洗濯した。「うちのやつは冷たくて……」という言葉に惑わされながら、喜々とした気分に浸ったのも事実だった。

ある日酔って来たときに脱ぎ捨てたズボンをハンガーに掛けたら、きちんとアイロンの効いた白いハンカチが出てきた。それは妻の「挑戦状」に思えてきた。恋人は撮影で出掛けたスタジオが男の自宅の近くだったので、つい家の前に行ってしまう。作られたばかりの新しい表札には、子どもの名前もあった。これから家を捨てようとする男が、表札を新しくするはずがない。「もう終わりにしましょう」といっても、男は釈然としない。「そんなに簡単に別れられるものなのか。女の人がわからない」という男に、「私も男の人がわからないわ」と答える。

洋の東西を問わず、「夫の浮気」は古くから文学の大きな主題だった。夫の視点で書かれた作品が多いが、妻の立場から書いた作品もある。さらに「妻の浮気」を扱った小説も数多くある。時代をさらに経て、「愛人の視点」から夫や妻を照射した作品が現れた、ということだろう。

「帰ってもいいわよ」といわれる男の弱み

渡辺淳一の長篇小説「愛のごとく」の冒頭部分には、男が恋人の家に泊まった明け方、自分の家の方向から火事のサイレンの音が聞こえてくる情景がある。世田谷区の下北沢と川崎市の生田だから、見えるわけはないが、男はカーテンの端をあけて空を見る。

〈「あなた、心配なんでしょう」

「なにが……」

「お家(うち)のことが……、帰ってもいいわよ」〉

（『愛のごとく』新潮文庫）

ただ火事の方角をみていただけだと言い逃れを計る男に、恋人は外を見ながら、家のことを考えていたのに違いない、と断定する。あなたが心配していたのは、「この部屋ではなく自分の家でしょう」と強硬に言い張る。男は何も言っていないし、邪推だと否定せざるを得ないが、研ぎ澄まされた女性の感性というか、男の機微を察知する犀利にして鋭敏な探知能力は、食虫花にも似ている。ちょっとした言葉の片々や微かな仕草も、見逃すことはない。いったん虫を咥えこんでしまうと、食虫花は絶対に獲物を離さない。

〈「でもわかるの、あなたのうしろ姿に出ていたわ。帰りたいのなら、帰ってもいいのよ」

「帰らないといったろう」

「無理しなくてもいいわ」〉

（前掲書）

こうなると、もはや理屈では収まらなくなり、熱い不毛の「喧嘩状態」となる。「親の背中を見て育つ」という言葉があるが、「帰巣本能」まで背中に現れるとは知らなかった。鉄砲玉のような言葉の打ち合いは、果てしなく深い泥沼に落ち込んでいく。女性の鉄砲玉は機関銃のように飛んでくるが、男の方はせいぜいピストル程度で防戦一方になる。恋人が「帰ってもいいのよ」と言い切った瞬間は、男を征服し支配した高揚感に酔っている。そのうち、「帰ってもいいのよ」が、憎悪とともに、「もう、帰って……」に増幅する。

「週刊朝日」で編集部の山下勝利が「帰っていいのよ、今夜も」というドキュメントともフィクションともつかない連載を登場させたのは、一九八七年のことだった。妻以外の恋人と男の関係を明確に示すタイトルが卓抜だ。朝日新聞社から出版された書籍の副題には、「新・愛人時代」とある。週刊誌記者が書く記事として、実に考え抜かれた構成になっていた。前半では小説風のドラマが展開する。長篇小説と短篇小説の差違については以前に説明したが、短篇小説に不可欠の「小道具」も備わっている。小道具を通して恋人の機微や感情の起伏、愛憎の連鎖や増幅が抑制された筆致で述べられる。艶福家として知られた山下自身の実体験もあるだろうが、経験だけでは話が膨らまない。当然、フィクションもあるはずで、その巧緻な筆さばきは週刊誌記者として一つの文章の完成形といってもいい。

ところで、大衆文学は世間の動向と著しく乖離(かいり)していたのでは成り立たない。渡辺が小説に仕立てた「愛のごとく」は、日本人男女の恋愛や結婚といった幸福を追求する家族の関係が変容していく過程を剔抉(てっけつ)している。当時の夫婦の形態と意味を問いただしている。高齢化や女性が経済力を得たことなども理由に挙げられるだろう。本来なら、ジャーナリズムが先に指摘しなければいけないのだろうが、典型的な事件が起きない限り、小説やドラマなどが先行してしまうのはやむを得ない。あまりにも早く時代を先取りしてもジャーナリズムには「商品」とならないのだ。世の中の動きを最初に追うのがジャーナリズムだが、社会全体が流行なり風潮に流されてしまうと、作家の嗅覚や触覚のほうが逸速く獲物を見つけることが多い。渡辺も「週刊朝日」の山下勝利の連載には目を通していた。自分の文学のテリトリーに近い情況が、ジャーナリズムとして取り上げられているという「社会情勢」に注目したのだろう。

文芸評論家の秋山駿は、「愛のごとく」の解説で、「ここに登場する夫も、妻も、愛人もみな孤独である」と書いた。夫と妻と愛人の「三角関係」は、古くからある文学上(ということは「人生」の)大きなテーマであり、それは、一九七〇年代から八〇年代にかけて、広く深く日常のなかに溶け込んだということなのだ。

「愛のごとく」は長篇小説だから、「小道具」が次から次へと登場する。先に紹介した短篇小説にも、当然のことだが、小道具が用意されている。それらは、「渡辺家」とは決して無縁でなく、祖母のイセと母のミドリが「純粋培養」で育て上げた「家風」と「家訓」から生まれたように思えてならないのだ。

高校の数学教師を父に持ち、質実な家庭に育った渡辺は、豪奢な生活とは無縁だった。母のミドリは砂川に家作もあり、人並み以上の生活水準ではあったが、放漫な暮らしを許したわけではない。戦争直後の多くの家庭のように、父親を中心に家族全員が茶の間の一台のラジオを囲んで暮らしていた。後にテレビが普及するが、寒さが厳しい北海道ではなおさらのようにストーブを囲んで一家がまとまっていた。姉と弟がいた長男の淳一は家を継ぐ意識を自覚し、またその責任感を備えていった。ストーブの焚口には母が座り、明るい縁側を背にする一等席には父が構えていた。祖母がその隣だった。子どもたちは、湯沸しから煙突を取り囲むように位置する。

子どもの頃は、早く父が座っている一等席に胡坐(あぐら)をかいて座りたいと思っていたものだが、祖母が亡くなり父もいなくなって、いざその席に座ってみると、「家で最良の席に坐れたという喜びより、ついにこの席に坐るようになってしまったという淋しさのほうが強かった」(「ストーブのある家──私の生まれた家」、「小説現代」一九八〇年一月号)と述懐している。

安い歯ブラシを買ったのが、渡辺本人かどうかはわからない。「女性から聞いた話」にいたく興味を持ったのだろう。しかしその行動は、吝嗇(りんしょく)とはまったく違う。無駄な金を使わないということであって、金銭を放縦、野放図に乱費することではない。渡辺は別荘にテレビを置くことになったとき、「安いのでいいよ、映ればいいいんだから。リサイクルショップへ行けば、三〇〇〇円か四〇〇〇円であるんじゃないの」と周囲にいったという。その程度のテレビがあることを、どこかで知ったのだろう。ユニクロが創業する以前の話だ。自宅から渋谷の仕事場へ車で「出勤」する途中の目黒通りにある碑文谷のダイエー（現・イオンスタイル碑文谷）に立ち寄って、シャツやセーターをよく買い求めていた。「このシャツが三〇〇〇円しないんだよ。たいしたもんだね」と感心していた。

「渡辺さんみたいな高額所得者がもっと、お金を使ってくれないと、経済はなかなか回復しませんよ」と冗談をいった。特に高価なブランド物の衣服を身に付けるといった「成金趣味」は持ち合わせていない。なにしろ、まだ学生だった同人誌時代には、ベルトが切れたからといって、古いネクタイでズボンを縛っていたという逸話が残っている。いやネクタイではなく、寝間着の紐だった、とか、ズボンの一番上のボタンに鉛筆を挟みいれてぐるぐる巻いてベルトの通しの中に入れていたという説もあるくらいだ。限りなく上流に近い中流の上の家庭でも、贅沢ではなく質実に暮らすのが当時の「常識」だった。

その分、女性に使っていたではないか、といわれると答えに窮する。小説の題材にする「取材」だから、「必要経費」になるはずだ、といっても、そう簡単には認められない。

銀座のクラブの飲食代を「必要経費」として認めるべきだ、という渡辺の主張に、税務署の担当者は、「先生のような『軟文学』の場合でも、ある程度まで全額は認められません」と慇懃にくぎを刺されたという。渡辺は、「『軟文学』だってさ！　初めて聞く言葉だよねっ……」と、自嘲的な笑いを浮かべていた。

銀座のクラブでのあれこれ

渡辺は、女性に銀座のクラブの開店資金を融通することもあったし、その出資金を回収するために共同経営者となったケースもある。そのためか、銀座のクラブの開店経費や店の賃貸料、坪単価の売り上げ、人件費などの数字は詳しく把握していた。「化粧」では祇園で育った三姉妹の姉、頼子が銀座でクラブを開いている。七丁目のビルの四階にある「アジュール」は一五坪程度で、カウンターとテーブルにピアノがある。椅子の数や従業員の数など、実に具体的に述べられている。銀座の酒場やそこに働く女性たちを描いた小説は数多くある。川口松太郎、井上友一郎、大岡昇平、松本清張など枚挙にいとまがないが、渡辺ほど自分の金をつぎ込んで経営面の実態を経験した作家はいなかった。

渡辺が直木賞受賞前、札幌から付いてきた西川純子は、銀座七丁目にあるクラブ「アカシア」のママになっていた。銀座のクラブでは、現金払いの客は少ない。社用族が多いこともあるが、サラリーマンが自費で飲む場合でも夏、冬のボーナス時期に払う店が多かった。「アカシア」が指定した銀行の受取口座は、渡辺と西川が共同で管理していた。ある時から、入金が極端に少なくなっていることに渡辺が気付いた。不審に思った渡辺が店を訪ねると鍵がかかったままになっている。店舗の賃借契約の保証人になっている渡辺は、多くの銀座のクラブを手掛けているH不動産の社員と一緒に合鍵で開けて店内に入ってみると、ウイスキーやブランディーなどの酒類からグラス、椅子やテーブルなどの什器や家具類がすっかり消えていた。

西川は渡辺に内緒で、自分専用の新しい口座を開設し、客の代金を振り込ませていたようだ。西川は六丁目に引っ越して、同じようなバーをちゃっかり開業していた。渡辺は草野眞男と一緒に新しい店を訪ねたらしいが、私は行ってはいない。そこから先どうなったかも聞いてはいない。自分の許から去っていく女を執念深く追いかける話は、いろいろな小説にある。しかし、年齢を重ねるにしたがって、その熱意とエネルギーは薄れていったのかもしれない。

この種の「事件」は銀座の夜の世界では、日常茶飯のことで、だいぶ昔の話だが、私の先輩記者の実話だ。銀座の小さなスタンドバーで出版社と製紙会社の幹部がある作家とよく顔を合わせていた。仕事を超えた親しい付き合いだった。店のママは三人の飲み代の合計を、三人それぞれに送っていたことがわかってしまった。いずれも支払う理由と条件が備わっていたから、なかなか気が付かなかった。これは悪質な例だが、代金を三等分して請求書を送っておけば、なんの問題も無かったのだ。

西川純子とは別人だが、一〇〇〇万円を出して自分の「彼女」が銀座のバーのママになるのに満足している男を書いた短篇が「秋冷え」だ。

カウンターだけのバーで、厨房を入れて五坪で、椅子は八つしかない。補助椅子を入れて一〇人で満席になる。

〈もっともここの客はよく躾(しつ)けられていて、満席のときに新しい客が入ってくると、先に飲んでいた客が自発的に立上ってくれる。

「結構ですから」と引きさがっても、「そろそろ出ようと思っていたところですから」と気持がいい。

「みんな、わたしのことを思ってくれるのよ」

桜子と、自分の源氏名を店の名にした小柄（こがら）なママは、少し甲高い声で自慢そうにいう。〉

（『風の噂』新潮文庫）

男は、自分の彼女が銀座のバーのママになったことを誇らしく思っている。

〈いろいろな客がママを求めて通ってくるのを、カウンターの端で眺（なが）めているのもわるくはない。〉

とあるが、これはもう「経営者の眼」ではなく、「作家の眼」そのものである。一〇〇〇万円をどう捻出して、どう処理したかは知らない。「桜子」は銀座の有名文壇バーの出身だし、文壇関係者は渡辺と桜子のつながりは承知していた。朝日新聞社がまだ有楽町にあった時代で、私も「ゲラ待ち」の時間などにそれらしき店へよく行った。もちろん個人払いの「学割」で、領収書も要らなかったから表には出していない「裏の口座」だったのかもしれない。桜子は気の強い性格で、あまり酒は飲まなかったが、少し酔うと、「編集者は淳の奥さんが苦手だから、みんな私のところに原稿を頼んでくるの……」と自慢げにいう。

渡辺と一緒に顔を出したことがあった。そこに偶然、松本清張が講談社の先々代社長の野間惟道、文芸担当取締役、大村彦次郎に連れられて三人で入ってきた。松本清張はまったく酒を飲まなかったが、バーの雰囲気は嫌いではなかった。「渡辺君が目を掛けている店はどこかね？」と偵察に来たのかもしれなかった。目があまり良くない松本は薄暗いバーの隣り合わせに座った私になかなか気づかなかった。渡辺は居心地が悪くなったらしく、私に目配せをして、そそくさと一緒に席を立った。

数日後に桜子へ行くと、ママは、「淳は恥ずかしがり屋だから、知っている人が来るとすぐに帰るのよ」と、残念そうなそぶりを見せながら、いかにもうれしそうに話しかけてきた。一瞬でも「妻」の気分を感じたのかもしれない。松本清張は、渡辺が「光と影」で直木賞を受賞したときの選考委員だったから、確かに居心地は良くなかったろう。

桜子から聞いた話だ。ある純文学系の大物作家が、大出版社の幹部編集者と一緒に店に入ってきた。あろうことか、渡辺と桜子の関係を知ったうえで、渡辺の悪口を喋りはじめた。もちろん聞こえよがしに、である。編集者に案内させたのかもしれない。桜子にしてみれば、自分の「旦那様」の悪口を言われたわけだから、面白いわけがない。早速、「大変、大変！」とご注進に及び、「二人とも、『お出入り禁止』にしたわ」と息巻いていた。

しかし、どういう「手打ち」があったかは知らないが、当の編集者とは何事も無かったかのように落着し、ゴルフのコンペにも参加している。古い話になるが、札幌の心臓移植の取材で、教授の和田を呼び捨てにした「週刊新潮」の松田宏に対する態度も同じようなものだ。発売当初は激怒し、「僕を君の会社で雇ってくれるか」とパークホテルで難詰したものの、かなりの歳月は要したが、すっかり氷解し、親しくなった。やはり渡辺には深い愛執に合わせて、恬然とした「大人（たいじん）」の威徳があった。銀座のバーのスポンサーになれば、これくらいの「嫌味」を言われるのは、当然のことと受け止めていたのかもしれない。

もちろん、大作家になって余裕ができ、他人から後ろ指を指されることもない、という自信から生まれたともいえる。あるいは、この種のトラブルを面白がっていたのかもしれない。作家の習性や編集者の弁解、ママの対応など、鋭く観察していたのだろうか。

一度桜子と渡辺と一緒に銀座から車で帰ったことがあった。山手線内のマンション前で桜子を降ろし、渡辺の自宅に向かった。車中で桜子は、「あなたもっと仕事をしなさいよ。私のところまで、編集者が頼みに来るんだから」と、マネージャー然としていつしか「命令口調」になった。

「そんなに仕事してもしょうがないよ。人生は遊ぶためにあるんだから、遊ぶ時間まで潰して仕事する気はないな」

渡辺は、「また始まったか」という顔をして、のらりくらりと逃げ回っている。こういう時、明確な否定や反論をしないのが、渡辺の流儀だ。

「だから、あなたは駄目なのよ。どうして仕事が嫌いなんだろう」

桜子は狭いタクシーの中の舞台で、束の間の「女房役」を演じていたのかもしれない。いくら「恋人」がやきもきしても、原稿を書くのは渡辺本人なのだから、話がかみ合うわけがなかった。桜子がいくら尻を叩いても、渡辺の執筆のペースは変わらなかった。

原稿は早くはないが、「落ちた」ことはない

笹沢左保は締め切りに追われ、三日徹夜した挙句にどうしても明日中に渡すため椅子に座らず、和室の違い棚を机代わりにして立ったまま書いたという逸話がある。椅子に座って書くとそのまま寝てしまうからだ。編集者への嫌味という意味合いもあったという。

渡辺にはこういったエピソードはあまりない。そうでなければ、ゴルフや麻雀を楽しむことはできないだろう。別にゴルフや麻雀を楽しむために原稿を書いているとは言わないが、「余暇の善用」に長けていた。

「どうしても約束の時間までに書けないことが、たまには起きる。男の編集者なら、何とかしてくれるんだけど、女の編集者だとなかなか話が通じないんだよね」

もちろん迷惑を受けるのは、編集者サイドで、校閲か印刷所を「被害者」にして逃げることになる。女性の場合は杓子定規というか、融通が利かないというか、スクエアーに物事を進めていく傾向があるというのだ。とっさの機転というか、自分が「悪者」になって作家の責任を肩代わりする度量に欠けるケースがあったようだ。

「書けない時は、どうしても書けないんだよね。それを、女性編集者は『センセイ！　私がこれだけ頼んでも駄目なんですか。私に約束してくれたでしょう?』と情に訴えてくるもんだから、困るよ」

もちろんすべての女性編集者が、この種のタイプというわけではないが、いわれてみると腑に落ちることもなくはない。

流行作家としては、渡辺が執筆する量は決して多くはない。一九八九年から読売新聞に連載した小説「うたかた」には次のような表現がある。渡辺淳一と等身大とみていい作家の安芸隆之は、夫と子供がいる着物デザイナーの浅見抄子と付きあっている。

〈安芸の仕事の量はさほど多くはない。決まっているのは月刊誌一本だけで、あとは小さなエッセイや対談などをいくつか抱えている。それらをすべて含めても、月に百枚くらいなものである。〉

（『うたかた』講談社）

当然原稿を書くためには調べなくてはならないこともあるし、筆が進まない日もあるから、気分としてはいつも締切りに追われているようなものだ。執筆の合間に自分の時間をひねり出して、趣味の他に家族の団欒も考えなくてはならなかった。

札幌の同人誌時代の仲間が上京し、一夜渡辺と痛飲し渋谷の事務所に泊まった。朝になって目を覚ましたら、渡辺はすでに起きて懸命に原稿用紙のマス目を埋めていた。まさに鬼気迫るプロ作家の姿があった、と感嘆していた。

渡辺は、自分の綿密なスケジュール管理が巧みだった。秘書が作った予定に従わず、自分の都合で勝手に動くこともあった。朝早いのには慣れているから、編集者が目を覚ました時には朝食もとらずにタクシーを呼んでどこかへ出かけてしまっていた、こともある。

原稿が「落ちた」話は聞いたことがなかった。渡辺は、原稿が早いほうではなかったが、ある有名作家のように「行方不明」になることはなかった。どこからともなく、連絡が入るのだ。患者の病状に合わせて、次の投薬や点滴の内容に気を配る医師の習性があったのだろう。無頼派といわれ、自堕落な生活を送っていたように見えて、実際はしっかりと「自分の城」と「家庭」を守っていた。北海道時代からの地道な渡辺家の「家訓」を範としたのである。

渡辺のように、数多くの女性を「恋人」に持つと、「別れ方」が難しくなる。ドアチェーンを金鋸で切ろうとして警察沙汰になった若い時もあったが、年齢を重ねるにしたがい、相手の女性によっては「去る者は追わず」という心境になったこともあるようだ。あの時の「無頼」はいったいなんだったのか。「うたかた」には、三〇代から四〇代に掛けて「無頼を気取っていた」とある。

〈無頼になるためには、まず酒を飲み、女性を求めることだと思いこんでいた。思うとおり書けぬまま、遊ぶことが単純に創作のエネルギーになるのだと信じていたところがある。〉（前掲書）

プラスになった面もあるが、胃の具合が悪くなったというマイナスの面もあったと反省している。しかし、生活態度は五〇を過ぎたあたりから、ようやく落ち着いてきたようだ。

それでも、ある女性の場合は、喧嘩した翌日から毎朝電話が掛かってきたという。「お早う」と掛かって来るから、「ガチャン」と切る。次の日もまた掛かってくる。

「お早う……」

「ガチャン」

「お早う……、もうご飯食べた？」

「ガチャン」

数週にわたって毎朝の定時番組のようだった。外国へ行ったときは、毎日のように葉書が届いたという。実にマメなのだ。今なら、携帯電話やメールがあるから、さらに頻繁に連絡を取ってくるかもしれない。

「その熱意には負けるわよねぇ」

と同意を求められたが、返事のしようがない。

「金の切れ目が縁の切れ目」となったこともあるだろうが、病気で銀座のクラブを休まざるを得なくなり、回収できなくなった女性の売掛金を立て替えて払ったこともある。短篇小説「銀座たそがれ」の話だ。「それぐらいは当然だろう」と自分自身にいいきかせ、納得する意気地がリアルでいじらしい。

そうかと思うと、バブル経済の終焉とともにいずこの商売も不況に陥り、金を借りに来る女性も多かった。「ずいぶん、せびり取られた。もう彼女の顔も見たくない」と、不機嫌な顔をしていたこともあった。「私のことを小説にして、ずいぶん売れたのでしょう？」といわれれば、確かに当たっている部分もある。放って置くわけにはいかなかったのだろう。

編集者はみんながみんな銀座で飲むのが、好きなわけではない。酒が飲めない人もいるし、客がホステスのご機嫌を取るのはおかしいという人もいる。それが好きな編集者ももちろんいる。また複数の出版社で一人の作家と飲む場合の勘定は、どこの社が持つのか複雑だ。クラブで他の社の人に連れられて別の作家と合流することもある。ママが律儀に確認することもあれば、ママの裁量に委ねられる場合もある。

渡辺の覚えめでたいX社の編集者は、あまり銀座のクラブで飲むことが好きではなかった。その事情を知っているはずの渡辺がある時、渋谷の事務所で「今から銀座に行こう」と、くだんの編集者に声を掛けた。

「今日の払いはY社の勘定だから」

X社の編集者は別に勘定を払うのが嫌なのではなく、銀座のクラブの雰囲気が好きではなかったのだろう。私もどちらかといえば、バーの止まり木に座って独りで飲んでいる方がいい。他社の勘定で飲むというのも落ち着かないものだ。まったく気にしない人もいるけれども。いや、渡辺の「金銭感覚」について書いているところだった。

女性の家から自宅に帰る際に、「安売りの歯ブラシ」を手にするシーンに関心を寄せたのは、所帯じみていると同時に細かい金銭感覚があることを証明している。新刊本が出ると、自分で数百冊を購入して編集者や先輩作家、友人などに献本する。著者が買い求める場合は、八掛け（二割引き）で印税から差し引くのが慣習になっている。贈る人の名前と署名を毛筆で記した。墨はくっきりして力があるということで、墨汁を常用していた。贈呈先にも細かい神経を使った。出版社の役員クラスから、実務を担当した若い編集者まで、細かい目配りがあった。私の書庫にも、為書き入りの書籍が七〇冊以上も並んでいる。一度、熱心に校閲作業を進めてくれたフリーの校閲者のために献本と署名をお願いしたら、「その本代は版元で出してよ」といわれたことがある。

もちろん面識があるはずもなく、版元の制作に関わった人に過ぎないという理屈で、筋は通っている。根が科学者だから、計数の才は天賦のものといっても良い。金銭哲学というほどの大げさなものではないが、「財産なんか子孫に残すものじゃないよ。自分の代で使い切ればいいんだ」と話していた。

大作家を支え続けた存在

九〇年代になると、風格というか落ち着きが出てきた。豪快に女性との艶聞をほしいままにした渡辺を守っていたのは、やはり妻の敏子の功績といわざるを得ない。妻としての「愛憎」の起伏は、想像を絶するものがあったはずだ。当然、夫への「復讐」も胸をよぎったに違いない。

例えばこんなことがある。新聞の連載小説を毎日切り抜いて、渡辺の机に揃えておくのも敏子の役目だ。事務所でも秘書が揃えているが、自宅で執筆することもあるから、両所に必要なのだ。

「家の外で女と関係していることを新聞に書いているわけだけど、その小説の切り抜きを毎日俺の机の上に置いてくれるんだ。その気持ちというのは複雑だろうね」

別にこちらから聞いたわけでもないのに、ふと思い出したようにぼそぼそと語り始めたことがあった。一瞬、「妻の敏子に申し訳ない」という表情が顔に浮かんだ。俺は何をやっているのか、という慙愧の念がこみ上げてきたのだろうか。だからといって、創作活動は中止できるはずもない。「作家の業」などといった簡略で薄い言葉で片づけられない人間の懊悩がそこにはあった。敏子の側にも当然裏を返した憂悶が秘められているわけで、渡辺もその内面がわかるから、作家と夫と父親の三角形の中で、人知れず悩乱と煩悶があったのだろう。思わず、敏子への感謝の念が湧いてきたのに違いない。誰かにいっておきたかったのだろうか。あるいは急に、いいたくなったのか。

渡辺の才能を誰よりも早い段階から強く認めてきたのは、妻の敏子だった。渡辺夫妻と、長年秘書を務め中央公論社の編集者だった小西恵美子の四人で、大相撲を観戦したことがあった。ごく当たり前の、どこにでもいる平凡な夫婦像が、両国の升席にあった。まだ子育てに忙しかった鷺宮時代の夫婦像を思い浮かべる。文芸誌のグラビア取材に一家で応じ、将棋の仲間を自宅に招んで、手料理でもてなした時代が敏子にとって、もっとも華やいだ時代ではなかったか。その後は常に渡辺を前に立て、自分は一歩下がった位置を守った。

渡辺はお正月になると、三人の娘たちに、それぞれ手紙と共にお年玉を手渡した。

小西恵美子は次のように、渡辺夫妻を説明する。

「あまり口には出しませんでしたけど、妻が僕の好きなように、自由にさせてくれたから、今の自分がある、と先生は、よくおっしゃっていました。奥様は先生にとって、なくてはならない存在で、奥様がいらっしゃられたから、あれだけの作品を世に出すことができたのではないでしょうか」

かつて、渡辺は岸恵子との対談で、次のように述べている。

〈私の小説は、納豆の豆の一粒一粒を結んでいる糸みたいに、ぐじぐじあれこれ迷っているところだけを書いているんです〉

（『12の素顔——渡辺淳一の女優問診』朝日新聞社）

渡辺家の中にも納豆の豆にまとわりついているねばねばした糸があった。長男として渡辺家を守り抜いていく渡辺を、妻の敏子も複雑な葛藤を抱えながら、しっかりと信じて、支え続けていたのである。

第七章　直木賞選考委員、林真理子と藤堂志津子を推す

池波正太郎とは正反対の評価

渡辺淳一が一九八四年の第91回直木賞から黒岩重吾とともに選考委員に就任したことは、すでに述べた。当時五〇歳。築地の料亭「新喜楽」の大座敷に先輩作家が並んでいる前では、かしこまるしか所作は浮かんでこなかった。自分より年下は井上ひさしだけで、渡辺のほうが四回先に受賞していた。

この回には林真理子が「星影のステラ」で初めて候補に挙げられた。選考委員の山口瞳は、「顔を洗って出直していらっしゃい」と選評に書いた。他の委員からも、「どうしてこんなくだらないものを書くのか」と酷評を受けた。しかし渡辺は「単なる少女趣味とはまったく違う。ステラは実在してもしなくてもいい。いわば若い女性が抱く夢で、それなりのリアリティがある」とある程度の評価を与えている。

林は次の第92回も「葡萄が目に沁みる」、第93回で「胡桃の家」と連続して候補に名を連ねた

が、いずれも受賞には至らなかった。

第92回の「葡萄が目に沁みる」の選評（以下、すべて「オール讀物」で、引用は「」の形で統一した）で、渡辺は、「この人のいいところは、よかれ悪しかれ、林真理子そのものが小説ににじんでいるところで、これだけ自分を素直に露出できるのは、作家としての貴重な資質に違いない」と温かい言葉を投げかけた。

さらに「胡桃の家」（第93回）では、「氏はこれで連続三回候補になり、その都度、この人の才能をかっているのだが、今回もまた見送られてしまった」と残念がった。

林真理子が念願の直木賞を受賞したのは候補になって四回目の第94回（一九八六年）で、受賞作は「最終便に間に合えば」と「京都まで」だった。渡辺は選評で、「この作者は新鮮な感性と柔軟な文章をもち、人物を見る目も行届いている。四回連続候補になり、いずれも八十点以上の作品を書けるのは、相当力のある証拠である。このまますすめば、久し振りの大型女流作家として成長するに違いない」と褒めあげた。長いあいだ気に掛かっていた懸案が解決し、肩の荷を下ろした気分が伝わってくる。

選考委員のなかで、一貫して林真理子を評価しなかったのは池波正太郎で、過去三回について選評では一行も触れていない。無視である。受賞作については、次のように記している。

「薄汚い男女の交情を描いてはいるが、読後、胸にこたえるものが何もなく、私は票を入れなかった。むろんのことに薄汚い男女を書くのはよい。よいが、それだけでは、文学賞をあたえる小説にならない。プラス何かがなくてはならぬ。その何かが読者の胸を打たなくてはなら

ぬ。」（一九八六年四月号）

憤懣やるかたない思いが短い文章から読み取れる。池波は直木賞選考委員在任中に、失敗したのは林真理子と胡桃沢耕史の二人だけだ、と広言した。

胡桃沢耕史は「黒パン俘虜記」で第89回の直木賞を受賞した。賛同しなかった池波は、選評で「私はこの作を買っていない」と冷たく突き放した。

「この人には自分の作品に対する、もっとも肝心なものが欠けている。小説としての〔真実〕がないのである。ゆえにフィクション、ノン・フィクションにかかわらず〔こしらえもの〕になってしまうのだろう。」（一九八三年一〇月号）

授賞式で胡桃沢が壇上で挨拶を述べている時、池波は最前列で拳を握りしめて仁王立ちになり、睨みつけていた。「何かおかしいことを言ったら、壇上に昇って殴りかかるつもりだった」と私に語ったものだ。そうはさせじと、文藝春秋の菊池夏樹が「松の廊下」さながら、すぐにも止めに入る態勢で背中にぴたりと張り付いていた。「オール讀物」の編集長だった藤野健一が張り込みの刑事のように傍らで眼を光らせていた。

胡桃沢は池波の没後、名前こそ明かしてないものの、「この人は怒りっぽくて、何でもかんでも自分の思うようにならないと、いまにも死にそうなほどエキセントリックになる」と、『翔んでる人生』（廣済堂出版）に平静を装って記している。

池波正太郎と二歳年下の胡桃沢耕史（かつては清水正二郎）は、古くから親交があり、三〇代のころには胡桃沢が運転する自動車で大阪の司馬遼太郎を訪ねたこともあった。

胡桃沢が同人として参加していた同人誌「近代説話」の人たちは、司馬遼太郎、寺内大吉、黒岩重吾、伊藤桂一、永井路子などほとんど全員といってもいいほど直木賞を受賞している。胡桃沢一人だけが取り残された。いつまでも「性豪作家」の肩書ではいられない。この疎外感をエネルギーに変えた。清水正二郎の名前を捨て、直木賞取りの道に邁進する。横浜市は富岡の長昌寺に眠る直木三十五の隣の墓所を買い求め、生前に墓石を設えるほどだった。

胡桃沢の「黒パン俘虜記」は四回目の候補作で、しかも三回連続して候補に挙げられていた。したがって、長年の実績を加味した努力賞的理由から推す選考委員も多かった。選考委員の城山三郎は、この風潮になじめなかった。あくまでも候補に挙げられた作品だけを評価するべきだ、と考えていた。城山は、「わたしは今回限りで選考委員を退きたいとおもう。自信と気力を失くしたというだけのことである」といって、選考委員を辞任した。

どこでボタンが掛け違ったものか、胡桃沢は候補に名前が挙がり始めたころから、直木賞について人目をはばからない発言を繰り返した。つい愚痴やひがみにバイアスが掛かり、増幅し矛先は選考委員にまで向けられた。そのなかで、「女の色気で受賞した作家がいる」という内容が、池波を激怒させた。選考委員を侮辱していると感じたのだ。

話が逸れた。林真理子の話だった。池波正太郎が林真理子を評価しなかったのは、ただ一点、「女性の粋」を感じなかったからだ。「女性の」といった形容句を使うと、誤解を招くから、単に「粋」だけでもいい。伝統的な東京の女性美に慣れ親しんできた池波にすれば、最新の都会に生息する最先端の無機質で奔放な若い女性（しかもその多くは地方出身者だ）の無遠慮な行動力と気質は、自身の美学になじまなかった。「薄汚い」という印象を得るだけで、理解できる埒の外にあった。おそらく勉強熱心な池波は、林の候補作以外の作品にも目を通していたと考えられる。その中にどうしても許容できない表現があったのに違いない。

林真理子の受賞については、こんな話もある。最初の候補作品「星影のステラ」について、山口瞳は、「出直していらっしゃい」と一喝した。しかし、その後雲行きが変わったようだ。雑誌「話の特集」の編集長を長く務めた矢崎泰久は『人生は喜劇だ』（飛鳥新社）の中で、山口瞳と林真理子の話を紹介している。山口瞳と矢崎泰久は古くからの競馬友達だった。矢崎は山口から、直木賞に「林真理子を考えているのですが、どう思いますか」と尋ねられた。矢崎は、林のガツガツした感じが嫌いで、有名になりたいという意識が透けて見える印象も良くない。黙っていたら、「どこが気に入らないのですか」と畳みかけてきた。

「若いからかも知れないけど、軽率な人ですね。ちょっと不快なことがありました」

と答えると、数日後に林真理子が突然、矢崎の会社に現れ、詫びて涙をこぼした。驚いたが、山口の差し金であることに疑いはなかった。林が受賞したのは、それからしばらくしてのことだった。キングメーカーの役割を果たし、してやったりと満足気な表情の山口の顔を矢崎は思い浮かべた。

いずれにしても、林は初の候補作以来、一貫して支持してくれた渡辺に対して足を向けて寝られないのは確かで、女性作家の「渡辺応援団」の第一号といってよいだろう。

後進作家への思い

林の受賞から三年後の第100回（一九八八年）直木賞では、藤堂志津子の「熟れてゆく夏」が受賞した。第99回の「マドンナのごとく」に次いで二回目の候補だった。

藤堂は札幌生まれの札幌在住で、札幌の広告代理店に勤務していた。初めての候補作「マドンナのごとく」は、北海道新聞文学賞を一九八七年に受賞している。その時の審査委員が渡辺だった。川西政明が作成した渡辺の年譜には、「北海道新聞文学賞で藤堂志津子『マドンナのごとく』を発掘」とある。

直木賞選考会では、「マドンナのごとく」にはあまり点が入らなかった。渡辺は「新しい才能の出現」とまでいって、かなり強く推した形跡が選評に現れている。

「この作品は一見、軽い風俗を描いているようで、読みすすむうちに、男女というよりは、オスとメスの孤独と虚ろさが浮きぼりにされてくる。やや硬質な文体で、これだけ冷静に男女の実の姿を描ける作家は珍しい。（略）またこの種の小説を平板なリアリズムだけから批評するのは、酷というものであろう。」（一九八八年一〇月号）

これだけ肩入れすれば、やっかみの声がささやかれるのも道理というものだ。「マドンナのごとく」は渡辺が代筆した作品で、さらに藤堂は「渡辺の愛人」といった口さがない噂が流布された。「だから強く推したのだ」という邪推である。藤堂は北海道新聞文学賞受賞後、「やぶの会」にもゲストとして参加していたこともあって、あらぬ疑いが掛けられたのだろう。

編集者や作家は誰しも有望な新人を発掘したいという欲望はあるもので、渡辺も例外ではない。地縁重視といった批判もなしとしないが、自身が無名だったころに同じ北海道出身の先輩作家から受けた厚意を思い出せば、ごく当然のことで、後ろ指を指される筋合いはないと信じていた。

受賞した「熟れてゆく夏」について、渡辺の選評を読む。

「一見、浮わついた風俗を描いているようで、その底に醒めた虚無や孤独が潜んでいるところが、この作品を一段、奥の深いものにしている。（略）いくつかの欠点もあるが、それを越えてこれだけのロマネスクを構成した力は評価すべきであろう。」（一九八九年三月号）

と絶賛している。その意味では、渡辺が藤堂の応援団長だったともいえるが、やはり藤堂は林真理子に次いで、女性作家の渡辺応援団第二号といってもいい。

隆慶一郎が、下馬評ではかなり有力視されていた「吉原御免状」で、一九八九年の第101回直木賞を逸した。当時、「選考委員の池波正太郎と藤沢周平が、自分達の座を奪われるのを恐れ、受賞させなかった」という噂が、まことしやかに駆け巡った。池波も藤沢もそんな度量の小さい人ではない。池波は、自らの小説作法では許し難い表現を林真理子の小説に見いだしたが、同種の表現を隆慶一郎にも見たのではあるまいか。

胡桃沢耕史は、池波が自分を評価しなかった理由として、「今まで兵卒と思っていた人間が、急に自分たちの仲間になるのがたまらなく嫌だったと思う」（『翔んでる人生』）と書いているが、これも的を射ていない。自己の都合や好悪の感情だけにとらわれていたのなら、選考委員の仕事はやっていけない。ライバルとしての意識を持つのと、若い才能に嫉妬してその芽を摘もうとするのは意味が全く違う。

かつて渡辺と二人で選考委員のモチベーションに話が及んだとき、「候補の作品を読むだろう。いつも、この新人に俺は勝てるのか負けるのか、を考えているのさ」と言ったのをはっきり覚えている。いつか自分のライバルになる存在かどうかを極めていたのだろう。プロ野球のレギュラー選手がドラフトで入団してきた新人に、自分が勝ち取ったレギュラーの座を奪われるかどうか、不安になるのと似たようなものかもしれない。

この程度の作品が候補になっているうちなら、自分はまだ安泰と思っていたのだろう。自分を越える新人作家は、まだ現れてこないと感じていたから、選考委員を長いあいだ続けていたのかもしれない。

受賞作家と選考委員の遠くて近い関係

ただ、受賞者に対して、「自分が選んであげたよ」という「良い顔」を見せたがる人はいるようだ。選考会議は「非公開」なので、各委員の発言の詳細はわからない。だから会議では欠陥部分を指摘して反対の立場だったのに、受け入れられず受賞してしまうと、選評では一転して「賛辞」を述べる人がいる。文壇なんて狭い世界だ。のちのち顔を合わせる機会が増えていく。そこで、「良い顔」を見せておいた方が、のちのち損はないという深謀なのだろう。

この話は松本清張から聞いた。「会議で言っていることと、選評が一八〇度違う人がいるんだ。どう思うかね」と睨むような目を向けられた。「どう思うかね」と尋ねられても困る。「護送船団方式」が好きな日本人の生活の知恵みたいなものかもしれない。しかし、ことは文学であり、小説である。作家の矜持として、好ましくないのは明らかだ。受賞者からしても、自分の作品を採らなかったからといってその選考委員をいつまでも怨みに思い続けるのだろうか。

小説家という人たちは、異能の才に恵まれた人が多く、常人には理解しがたいところが多々ある。この松本清張から聞いた話を渡辺に喋ったことがある。渡辺も深く同意して、直木賞の選評だったと思うが、同じ趣旨を寄稿した記憶がある。

渡辺から聞いた話だ。芥川賞の選考会が終わると選考会場の「新喜楽」から記者会見場へわざわざ移動して、受賞者に「おめでとう」と声を掛ける選考委員がいるという。「私が選んであげたんだよ」と受賞者に恩をうっておく魂胆がまるみえだ。受賞者からすれば、雲の上にいるような作家から声を掛けられたわけだから、充分すぎる恩義を感じるという寸法になる。

少しばかり異なるケースだが、こんなこともある。長部日出雄が「津軽じょんがら節」と「津軽世去れ節」で藤沢周平と第69回直木賞を受賞した一九七三年七月のことだ。吉行淳之介の対談の構成を長部が長いあいだ引き受けていたことは前に述べた。長部受賞の知らせに、吉行が喜んだのはいうまでもない。芥川賞の選考委員だった吉行は、選考会場の築地から記者会見が行われる新橋のホテルに回って、ひと言お祝いの言葉を言って別れようと思った。「記者会見の席に選考委員は出ないのが通例だが、直木賞の受賞者に会いに行くのなら、差し障りもないだろうと判断した。」と『定本・酒場の雑談』(集英社文庫)にある。

わざわざ「差し障り」という言葉を使ってまで「言い訳」を書くところを見ると、渡辺のいう「噂」が真実味を帯びてくる。選考委員は選考委員なりに気を遣わなくてはならないということだ。渡辺はこんな話もした。渡辺が選考委員になる前だ。

受賞が決まった夜に、選考委員と受賞者が銀座のクラブで祝杯を上げているグラビアが「週刊文春」に掲載されたことがある。旧知の関係だったのだろう。

「受賞を逸した人は、どんな気持ちで見るのかな」

渡辺は、ふとさびしげにもらした。芥川賞も含めて落選四回の体験があるだけに、説得力があった。

受章の前段階、つまり賞を受けるか、受けないか、で一悶着あるケースもある。太宰治は「芥川賞を下さい」と選考委員の佐藤春夫に懇願の手紙を送ったが、みんながみんな、「喉から手が出るほど賞が欲しい」とは限らないのだ。山本周五郎が直木賞を辞退したのはよく知られている。受賞を周囲は「堕落」と考える場合もあるようだ。矢崎泰久は、一九七八年色川武大が第79回直木賞を「離婚」で受賞したときの模様を記している。

受賞パーティーの控え室で井上光晴と夏堀正元が、「バカヤロー、堕落しやがって! 何で直木賞なんてもらったんだ」といってなぐりつけた。

〈色川武大を彼らは真剣に愛していたのだろう。涙を浮かべながら殴りつけ、殴られた当人

は「すまん」と、床に両手をついて詫びた。〉

（『人生は喜劇だ』飛鳥新社）

渡辺淳一が「失楽園」を発表したころ、将来は作家になって、「わたし、いつかは本物の渡辺淳一に会う」と友人に電話を掛けた文学好きの主婦が釧路にいた。原田康子の「挽歌」に憧れ、原田と同じ文芸同人誌「北海文学」に参加した一九六五年生まれの桜木紫乃だ。桜木は二〇一三年の第149回直木賞を「ホテルローヤル」で受賞する。

受賞が決まった夜、桜木は渡辺と初めて会った。「ゴールデンボンバー」の鬼龍院翔の熱烈なファンと自任する桜木は、彼が愛用するタミヤのロゴ入りTシャツにジーンズ姿で受賞の記者会見に臨んだ。取材が長引き、桜木はかなり遅れて、渡辺が待つ銀座の文壇バー「数寄屋橋」に現れた。「あと一〇分遅れたら、受賞を取り消すところだった」とジョークをかます渡辺に桜木は思わずハグしていた。近頃では受賞決定後の記者会見が終わると、「週刊文春」編集部がグラビア取材のために、受賞者と一部の選考委員の懇談の場を設営しているようだ。渡辺の選評を記しておく。

「北海道の湿原に建つラブホテルが舞台という、状況設定が巧みなうえに、そこでくり広げられる男女の姿が、それなりに存在感があり、読ませる。

さらに文章が安定していて、大きく乱れず、安心して読むことができた。」（二〇一三年九月号）

次回の150回では朝井まかてと姫野カオルコが受賞したが、渡辺は欠席し選評も記さなかった。桜木の選評が最後の直木賞選評となる。桜木は「数寄屋橋」での出会いが最初にして最後の機会となった。渡辺淳一は一九八四年の第91回から二〇一三年（選考会は二〇一四年一月）の第150回まで、直木賞の選考委員を務めたが、149回までは選考会を一度も休んだことはない。ただ一回欠席した150回は亡くなる三か月前だった。

ある時、選考委員にも「定年制」が設けられたと渡辺から聞いたが、自ら辞めるとはいい出さなかった。親しくなった女性と別れる時と同じで、自分から別れようとは決していわない。自然の成り行きにまかせて、去っていくのを待っていたのかもしれない。女性に優しいといえるし、優柔不断で狡知、と感じる女性もいることだろう。

作家と編集者の関係が終わったとき

朝日新聞社から「麻酔」が一九九三年に刊行されてから、一年以上たった九四年一〇月に、私は朝日新聞社を退職することにした。入社してから三〇年が経っていた。さる近県の私立大学に第二の職を求めたのだ。母校の慶応大学新聞研究所（現メディアコミュニケーション研究所）で非常勤講師を二〇年近く勤めていたし、指導教授からも誘われていた。後進の面倒を見ることは嫌いではなかった。四〇近くも齢の離れた若い学生と知り合うのは楽しいし、なによりも自分自身の勉強になる。他にも本にまとめたい企画も多くあった。

渡辺淳一の小説を三作、対談集を二冊、朝日新聞社出版局から出すことができた。出版業界にあって鵺（ぬえ）みたいな新聞社の出版局から、よく出版できたものと思う。

渡辺に「新聞社を辞めることにしました」と報告すると、間、髪を容れず、

「そうか。もう朝日から本を出さなくてすむな」

にやりとして、私を見た。

「そうですね。だけどもう原稿を頼む人がいなくなるかもしれませんよ」

といい返した。ちょっと渋い表情を見せながらも、すぐに笑みを浮かべた渡辺としっかり握手をした。

一九七〇年に初めて原稿を依頼して以来、二五年におよぶ作家と編集者の関係が終わった瞬間だった。

前列中央が渡辺淳一、その向かって右に筆者

第八章　突如、前立腺がんをカミングアウト

「失楽園」が巻き起した大ブーム

私が朝日新聞社を退職した翌年の一九九五年九月から日本経済新聞の朝刊で渡辺淳一が「失楽園」の連載を始め、人気がじわじわと高まっていった。

編集者生活から足を洗ったといっても、渡辺淳一と私の「友好関係」が絶たれたわけではない。夏の北海道旅行こそ参加しなかったが、秋の誕生会や忘年会にはできるだけ顔を出した。私は九六年の新年号から文藝春秋社の「オール讀物」に、「ここに食あり〈探訪〉名作の中のグルメ」を連載することになった。有名な小説に登場し、今も営業している料亭やレストランを実際に訪ねるという企画だった。

私の「転身」を知ったやぶの会の笹本弘一が当時「オール讀物」の編集長で、声を掛けてくれたのだ。このときほど、渡辺淳一とやぶの会の仲間を有り難いと思ったことはない。いくら口では大きなことをいっても、組織を離れてフリーランスになるのは、世間的にも経済的にも不安が

あるものだ。まあ、私の場合は、大学という樹に寄り掛かれる余裕があったけれども。おそらく私の顔に表れていたと思われる緊張と不安の色を笹本が鋭く察知し、同時に期待もしてくれたのだろう。

連載が始まると二〇代の無名のころから知っている漫画家の千葉督太郎が、「朝日を辞めてすぐオールの連載なんて、重金さんはずるいよ」とパーティーの席でからんできた。長い付き合いだからじゃれているようなものだが、「ずるい」といわれる筋合いはない。別に姑息で卑怯な手立てを講じたわけではないからだ。

かといって、「武士は食わねど高楊枝」で傲然とふんぞり返っていたかというと、そんなこともない。ただ「売文業」の世界では、矜持や誇りはややもすると、尊大、驕慢に通じ、謙虚、慎重は無能、惰弱ととらえられかねない。やせ我慢が物欲しげに映っては、こちらの胸の内を見透かされるだけだ。「執筆の機会」を欲しいと期待しても、向こうからやってくることはない。かといって、欲しがらなければ絶対に来ない。この誇りと遠慮の距離と間合いの取り方が、成りたてのフリーランスには最も難しい処世術だろう。

学生時代のことだが、いっぱしのジャーナリスト気取りで、大学の先輩の劇作家、内村直也に原稿をお願いしたことがあった。「出来上がったら速達で送ってください」といったら、「ぼくは速達で送るような原稿は書かない」と一喝された。この一事がその後の私の編集者生活の原点となった。原稿を頼まれる身になって、初めて「頼み方」の一部始終がわかる。原稿を依頼されなくては、本当の「やりとり」はわからない。原稿の受け渡しから稿料の支払いまで微妙な流れがあり、社員教育が徹底した出版社とずぼらな出版社の違いは歴然としている。

座談会に出席してみると、編集者のやるべき仕事や段取り、気配りを実感することができる。「人のふり見て我がふり直せ」ではないが、何事も受けて立つ逆の立場になってみないと、「原稿執筆」といった執筆者と編集者の微妙なやり取りはつかめない。「おもてなし」や「サービス」も同じである。「マニュアル」や「トリセツ（取扱い説明書）」には、決して表現できないし、そもそも編集者の仕事に「マニュアル」は存在しないのだ。

四年以上にわたって続いた「オール讀物」の連載は『食の名文家』として、一九九九年五月に文藝春秋から出版され、私のフリー第一作という記念すべき本になった。

「失楽園」の連載が評判になっていた一九九六年一月に結城昌治が亡くなった。私が初めて担当した結城の「白昼堂々」が直木賞を逸したことは、すでに述べた。結城と渡辺は同時に直木賞を受賞した「同期生」で、奇しくもお互いの自宅はわずか数百メートルしか離れていなかった。結城の自宅で執り行われた告別式で渡辺と顔を合わせた。一月にしては冬の明るい日差しが眩しかった。

「池波正太郎さんも松本清張さんも亡くなり、今度は結城昌治さんでしょう。これで私が葬儀に出るのは、渡辺さんだけになりました」

不謹慎とはわかりつつも、告別式の場所でいうべきではないことを喋った。

「そうかい。キミの方が先かも知れないよ」

と、例の独特の「キミ」のイントネーションで切り返してきた。

日経新聞の「失楽園」は、連載の中盤から人気が急上昇していった。渡辺は日経新聞で七四年に「おんなそして男……」（夕刊。後に「わたしの女神たち」と改題）、八四年には「化身」（出版は集英社）を連載している。「失楽園」は、一九二三（大正一二）年の作家有島武郎と中央公論社の女性編集者、波多野秋子との軽井沢心中事件と、一九三六（昭和一一）年に起こった阿部定事件が物語の底に敷かれている。丸谷才一は「吉川英治の『宮本武蔵』以後、最も好評を博した新聞小説はこれだろう」（毎日新聞）と評価し、養老孟司は、「永井荷風の『四畳半襖の下張』を想起した。ただし、『失楽園』は、荷風の作品にあった戯作の趣はない。作者はきわめて謹厳である」（読売新聞）と書評欄で取り上げた。

それぞれに家庭がある出版社の部長、久木祥一郎と書道家、松原凛子の性愛は凄烈を極め、凛子の方からいつまでも性愛に浸っていたいと言い出す。二人は軽井沢の有島武郎が心中した別荘の跡を訪ねる。「愛の先には破壊しかない」と考え込んだ凛子は、「今、一番幸せなときに、死ぬよりないでしょう」という。二人は結ばれたまま、青酸カリが入ったボルドーの銘酒シャトー・マルゴーを飲んだ。

小料理屋の住み込み女中だった阿部定がその店の主人、石田吉蔵と知り合って、事件に及ぶまでわずか三か月。久木と凛子が知り合って情死に及ぶまでは一年。全篇を通して性愛至上主義のどこか気だるい風が渦を巻いていた。

渡辺は、連載中に「『青酸カリは酸っぱい味がする』というんだけど、いったい誰が味わったのか、不思議だよね」と語っていた。

この小説をプロデュースというか編集者の役割を担ったのは「小説現代」元編集長の川端幹三である。講談社を定年退職後も、出版プロデューサーとして幾多の小説を世に送り出している。阿部定の公判記録などの参考資料を精力的に渉猟、博捜に務めた。

かつては、海外などへも取材に同行し、文献や資料を集め、証言者のインタビューなどに協力した新聞社の文化部は、あまり意味を持たなくなった。誰でも自由に外国に旅行できるようになり、作家側からすれば、新聞社の海外取材網に頼らなくても自前で取材できるようになったということである。

新聞小説の存在理由も年々変わりつつあった。連載している小説が人気になったからといって、どの程度販売部数に反映するのか、実態はなかなかつかめない。ごく当たり前のように「失楽園」は日本経済新聞社ではなく講談社から出版された。渡辺には、「一〇〇万部くらいはいくかな」と漠然たる思いはあったものの、なんと三〇〇万部近い超ミリオンセラーになった。映画やテレビなどに映像化され、「社会現象」になったといってもよかった。「失楽園」は一躍流行語になり、「政界失楽園」といわれた自民党の有名衆議院議員もいた。中国でも翻訳され、「恋愛の毛沢東」、「情愛大師」と持ち上げられた。

この「失楽園」の騒ぎが鎮まるまでに、二年の歳月がかかった。印税を目当てにゆすりやたかりも来た。「ガイドブックを出したい」とか「別冊を出したい」といった話も舞い込んできた。今までは一つの作品が終わると、次作のイメージがすぐに浮かんで来るのが常だったが、「失楽園後」は次の作品のイメージがなかなか湧いてこなかった。

松本清張は、連載中の作品が終わりに近づき、次の作品の構想を練るときが最も楽しい至福のときだ、と話してくれた。物語の終盤の局面では、頭の中がすでに次作のことで一杯だった。「松本作品の結末は尻切れトンボが多い」という批判も、その辺りに理由がある。次作の構想が浮かんでこないのは作家にとって、きわめて辛かったに違いない。

一九九五年の一〇月から、角川書店による『渡辺淳一全集』(全二四巻)の刊行が始まった。一九八〇年から始まった文藝春秋の『渡辺淳一作品集』(全二三巻)から一五年の歳月が流れていた。まだ存命中に二期の作品集が編まれるのも、最近ではあまり例がない。すでに述べたロイヤルパークホテルの「渡辺淳一さんを囲む会」は、この全集の刊行をお祝いする意味があった。

一九九八年、「失楽園」のブームをさらに盛り立てるように、札幌の中島公園近くに渡辺淳一文学館が完成した。設計は安藤忠雄。雪原に白鳥が片足で立つ姿をモチーフにした。本人が存命中に文学館が建てられるのは稀有な例だ。大王製紙の文化活動の一環だったが、二〇一六年に中国の大手出版社、「青島出版集団」に売却された。

「プラチナやぶの会」の場で

ところで、私は二〇〇三年七月に前立腺がんの手術を受けた。同じ年に、今の天皇陛下も手術をされ、最高裁判所長官の町田顕も受けている。手術は予定通り無事に終わったので、すぐ渡辺に報告に行き、「ＰＳＡの検査は受けていますか」と尋ねた。ＰＳＡというのは、前立腺がんの早期発見にはきわめて有用な血液検査の指標だ。考えてみればおかしな話で、医師に向かって、「がんの検査を受けているか」と不遜なことを聞いたものだ。「うーん」といって、「男も女も生殖器系のがんは、切除すればあまり問題はないよ」と、慰めてくれたが、PSA検査を受けたかどうかは、しかと答えなかった。

作家の小池真理子によれば、「健康状態について周囲から指摘されたり、質問されることを嫌っており、病気の話題は好まなかった」そうだ。しかし、編集者の中には、胸部動脈瘤の手術を受けるかどうか、と渡辺に相談した人もいたし、「古い女性編集者と痔の話なんかしているんだから、もう色気もなにもないよね」などと笑っていたこともある。

「失楽園」から八年経ってふたたび日経新聞で「愛の流刑地」の連載が始まった。「愛ルケ」といわれ、幻冬舎から出版された。幻冬舎社長の見城徹が、「ぜひ渡辺先生の小説をわが社から出したい」と直訴し、日経新聞に売り込んだという噂が立った。幻冬舎からは、まだ小説の刊行は無かった。女性下着のメーカー、「トリンプ・インターナショナル・ジャパン」社長の吉越浩一郎が、自身の「ブログ」で「『愛の流刑地』を欠かさず読んでいて、実はけっこう楽しみにしていたりするんです」と書いたら、大変な攻撃を受けた。「言い訳」というか、反論の文章も適切でなかったのか、女性の間に商品の「不買運動」の動きまで出たというから、尋常の騒ぎではない。渡辺作品を支持する女性読者も多いが、「女性を性の対象としかみていない」と激しく主張する女性たちもいたのは事実だ。やはり男性の視点で、描かれているからだろうか。

「失楽園」が愛の行きつく先として心中を選んだのに対し、「愛の流刑地」は、男が女を殺すという特異な内容だ。阿部定事件を裏返しにしたともいえる。渡辺は「愛の流刑地」を書き終えた時、七二歳になっていた。「やぶの会」のメンバーも高齢化し、定年を迎えて退職する人も増えてきた。ＨＢＣ北海道放送の時代から多くの渡辺作品のドラマを制作した演出家の森開逞次や産経新聞の影山勲、集英社の龍円正憲らは鬼籍に入った。その一方で、もちろん多種多様なジャンルから若い人たちも加わってきた。

古いメンバーから、「オールドやぶの会」を作って欲しい、という声が上がった。右も左もわからずに、ただ「センセイ、センセイ」と追いかける若い人についていけなくなったからだ。「俺達は新人の時代から担当しているのだよ」という自尊心と優越意識をひけらかしたかったのかもしれない。二〇〇五年に渋谷の東武ホテルで第一回の「渡辺淳一を囲む定年編集者の会」の集まりがあった。二〇〇七年三月に渋谷東急デパート本店の九階にあるイタリア料理店「タントタント」で、第二回の会合があり、古くからの参加者だった女優のＫも参加した。後に「プラチナやぶの会」と名づけられ、世話人は元秘書で中央公論社の編集者だった小西恵美子が努めた。堅苦しい「会員資格」はないが、だいたい定年を過ぎた人が参加したようだ。

二〇〇九年の二月には、同じ「タントタント」で三回目の会合があった。この年の九月一七日に「直木賞受賞四〇年を祝う会」が東京会館で開かれた。銀座はもちろん、京都からも祇園の芸妓と舞妓が駆けつけた。

私はこの会に大ポカをやらかして、出席していない。すっかり失念したのだ。頭の中から抜け落ちていた。言い訳は野暮なのだが、翌々日にワイン仲間と北京へ行く予定があり、幹事役として忙殺されていたのだ。古田清二が会場から電話を掛けてくれたが、すでにお開きの時間だった。老化現象の始まりだったのかもしれない。すぐ渡辺にお詫びの手紙を書いた。後日やぶの会の人たちから、「なんかあったの？」と体調を心配されたのには、恥ずかしくもあり、有り難くもあった。

その翌年の二〇一〇年の九月、第四回の「プラチナやぶの会」が、事務所の隣にある東武ホテルの中華料理レストラン「竹園」で開かれた。メンバーのほとんどは還暦を越しているから、話題はどうしても、自分の健康のことになる。少し遅れてきた渡辺は、みんなの近況を聞き終わってから、最後にやや緊張したおももちで挨拶に立った。

その内容は衝撃的だった。前立腺がんが発見された、と話し始めた。人間ドックによるＰＳＡの数値が高いので検査したら、すでに腰椎の第四関節に転移していた。外科的手術はせずにホルモン療法を選択すると付け加えた。数年前から「腰が痛い」といって、ゴルフのコンペは中断していた。あれほどゴルフに入れ込み、エージシュートの呼び声も高かった渡辺からクラブを取り上げた腰痛が、がんと関係があったのかは、はっきりしない。

親しかった人の話によると、当初は自身の健康について公言するつもりはなかったようだ。出席者がそれぞれの健康状態について話すのを聞いているうちに、こみ上げて来るものがあったのか、せきを切ったように話し始めた。その後、自身の病状について、公の席では一言も触れなかった。「喜寿の会」を前にして、ごく親しい編集者だけに自分の病気を知らせたかったのかもしれない。

二〇一〇年一〇月、渡辺は満七七歳となり、「渡辺淳一先生の喜寿をお祝いする会」が東京会館で開かれた。病状について触れることはなく、「老年のセックスを書けるのは、自分しかいない。年齢を重ねたことで、書ける題材が広がった」といった趣旨の挨拶をした。色紙には、「喜寿という身勝手山へ登りけり」と力強く記した。

二年後の二〇一二年の誕生会は「傘寿」のお祝いの会になった。「まだ七九歳だ」と本人は不服そうだったが、この種の慶事は数えで催すのが慣例だから仕方がない。「最後の会」になることを意識したのか、受付には和服姿の等身大のパネルが用意され、一緒に写真を撮れるようになっていた。

女性陣は和装の人が多く、なにやら「撮影会」のおもむきで、出席者も三田佳子、川島なお美、津川雅彦、阿川佐和子、林真理子など実に華やいだ顔ぶれがそろった。熱海伊豆山「蓬萊」の古谷青游、京都「和久傳」の桑村綾、銀座のフランス料理の名店「ボンシャン」の吉田照雄、祐天寺駅前の鮨屋「初代渡邉淳一」の店主夫妻らの姿もあった。

小説「花埋み」に触発されて医師になった美人主治医

東京K病院の泌尿器科の女性主治医（美人です）も和服で出席し、「医師を志したのは、先生の『花埋み』の荻野吟子に触発されたから」と祝辞を述べた。何度となく述べているが、荻野吟子は日本で初めての女医で、「花埋み」は一九七〇年の作品だ。自分の作品によって医師の道ろう。

を選んだ女性に診てもらえるのは、医師であり作家である渡辺にとって最高の幸せというものだ

「私は、この先生に恋している」と誇らしげに宣言していたのは立派というしかない。杖の世話になっていたが、壇上に立つと、「今まで、書くことがいっぱいあった。書きに書いて、書きまくってきた。どうして今の作家は小説を書かないのだろう。私にはまだまだ書きたいことは山のようにある」、と自分を奮い立たせるかのように元気な声を上げた。

「すでに谷崎潤一郎が亡くなった年齢を超えたけど、『瘋癲老人日記』より面白い作品を書くつもりだ」とも付け加えた。抗がん剤の影響か、顔はふっくらとして顔色もつややかだった。口には出さなかったものの、出席者はみな「お別れの会」になると感じていた。

翌二〇一三年が明け、賀状には、「傘寿来て愛の小説書きこみぬ」とあった。四月二五日に「北原亞以子さんのお別れの会」が東京会館で開かれた。発起人の渡辺淳一は壇上で挨拶こそしなかったが車椅子で出席していた。津本陽の顔も見えた。発起人の挨拶は高橋三千綱だった。北原は「石の会」以来の仲間だった。私は北原を渡辺から紹介してもらった。作品を依頼する機会はなかったが、よく大村彦次郎や常盤新平と一緒に銀座のクラブで顔を合わせた。

私は車椅子の渡辺と握手をして別れると、一人で銀座の「いまむら」へ行って、酒を飲んだ。飲まずにはいられなかったのだ。七月には直木賞の選考委員会に出席している。桜木紫乃を選出した回で、これが最後の選考委員会となった。

一〇月二四日には満八〇歳となり、「渡辺淳一先生の生誕80周年を祝う会」が東京会館で開か

れた。「生誕80周年」とは大袈裟で、そのうち「降臨」などといいだすかもしれない、といったやぶの会の毒舌家の声が聞こえた。自宅で転倒したとかで、車椅子の上からバースディケーキの蝋燭の炎を吹き消した。

「ここまで、よく生きてきたものだが、また小説を書く意欲が湧いてきた。年をとっても、心をときめかせるような恋をしなくてはいけない」と、自分にいい聞かせるような挨拶をしたが、誰の目にも深刻な病状は理解できた。残念ながら往時の面影は、どこにも見当たらなかった。事務所の秘書によれば、「頭脳はきわめてクリア」とのことだった。

二〇一二年の「傘寿をお祝いする会」と一三年の「誕生会」で、元気そうに「まだまだ書きたいことはある」と大きな声で挨拶したのは、自分を奮い立たせる最後の「晩鐘」だったのだろうか。

平成になってから毎年の年賀状に自作の俳句を印刷するようになった。亡くなる一〇年前の二〇〇四年に頂いた賀状には、「あやまちを　またくり返す　初詣で」の句が印刷され、傍らに「京都に行くと君を思い出すよ」と自筆の添え書きがあった。

後輩の文芸担当の女性記者に見せたら、「きっと、この科白は多くの人に使ったのでしょうね」と、きわめてドライで冷徹なコメントが返ってきた。

二〇一四年が明け、渡辺から「寒中お見舞い」の葉書が来た。いつも賀状には俳句が大きな活字で印刷されているのが常だが、「新年や風邪が治らず冬ごもり」と小さくあった。元中央公論の水口義朗は、「あれだけ他人の死と向かい合ってきた医師の渡辺さんでも、自分の病気のことを表に出したくないのか」と驚いた。

なぜか、喪中による「年詞欠礼の挨拶」に用いる日本郵便の葉書だった。

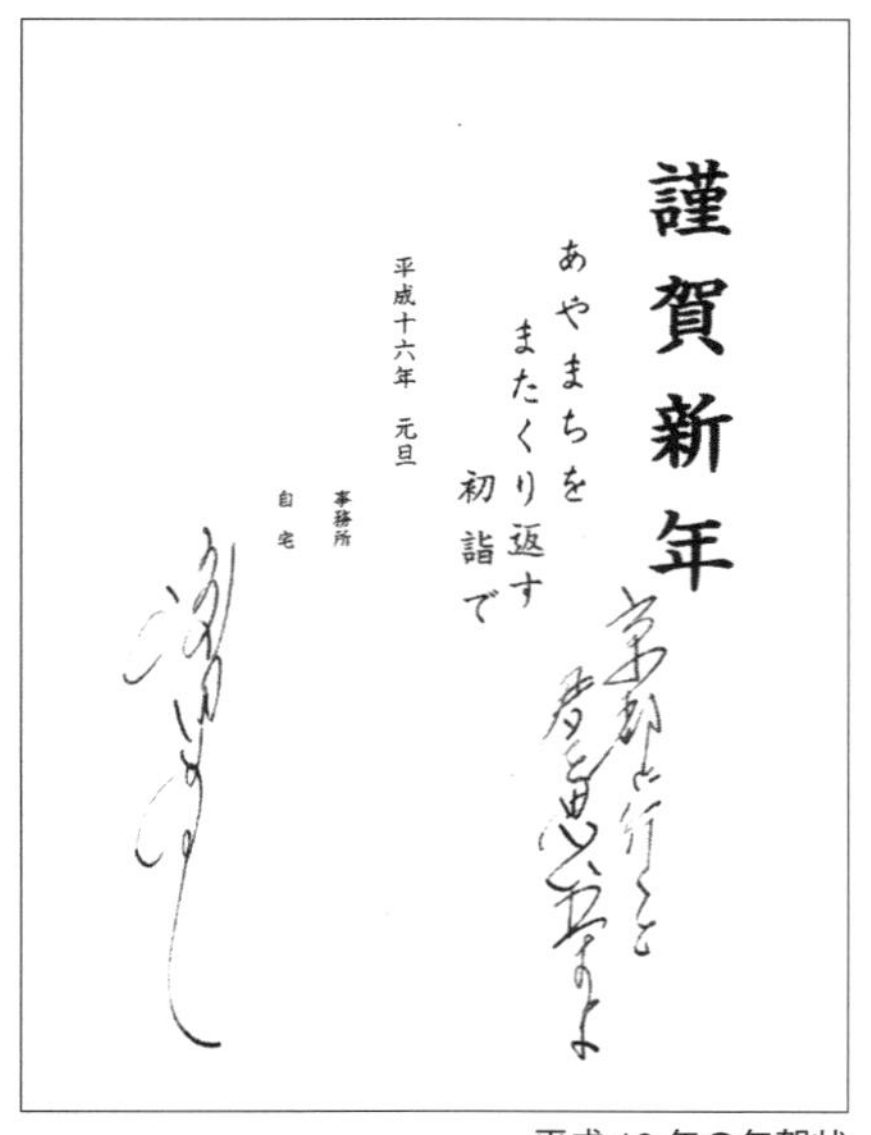
謹賀新年

あやまちを
またくり返す
初詣で

平成十六年　元旦

事務所
自宅

平成 16 年の年賀状

第九章 「ひとひら忌」と「渡辺淳一文学賞」の創設

編集者にこれほど慕われた作家はいなかった

渡辺淳一は二〇一四年四月三〇日、自宅で妻と三人の娘や孫たちに看取られ、静かに眠るように息を止めた。前年の一一月までは、渋谷の事務所で六月に刊行した『愛ふたたび』（幻冬舎）に手を入れていた。過激な性描写が問題になり、地方紙連載中に多くの新聞が連載中止の措置を取って話題となったが、単行本の売れ行きはあまり良くなかった。ある女性文芸評論家から酷評を受けたのを、気にしていたのかもしれない。年末には自宅に戻った。葬儀は親族だけで秘かに済ませ、メディアへの発表はなかった。

五月五日の午後、元文藝春秋の鈴木重遠から、訃音（ふいん）があった。すぐに朝日新聞文化くらし部の宇佐美貴子に連絡を入れた。ＮＨＫが一報を流す二時間くらい前だった。

翌六日の各紙朝刊で、渡辺淳一の逝去は一斉に報じられた。文化くらし部から追悼文の相談を受けたので、藤堂志津子の名を挙げた。藤堂の原稿は渡辺の「代筆説」や「愛人説」を流されたことに触れている。もちろん全否定しているのだが、渡辺の対応は、きっぱりしたものではなく、あやふやでかえって誤解を深める結果になったのは、実に歯がゆく、じれったい思いをしたと記している。どうして明確に決然と否定してくれなかったのか。

〈酒席などで、冗談まじりに問われるたびに「違いますッ」と私は断言し、その横で先生が微笑む光景は何回となくくりかえされたものだった。内心楽しんでいたのだろう。〉

（朝日新聞二〇一四年五月一三日朝刊）

渡辺淳一の特徴を的確に捕えている。今まで述べてきた、曖昧というか、優柔不断な一面を描出している。自分の意志を明確にするよりも、ぼかすことの方が多かったような気がする。藤堂の目の前で、疑惑を毅然として否定しなかったのは、「面白がっている」と藤堂は取った。しかし渡辺にすれば、「そんなことは勝手にいわせておいても、別にいいんでないの？」という一種の斟酌であり顧慮だったのかもしれない。それが藤堂をいたく傷つけている、ということに気が付かなかっただけだろう。

渡辺の死後、多くの作家が新聞や雑誌で追悼文を発表した。その一人、小池真理子は次のような文章で追憶している。

〈かつての文士のいったい誰が、いかにも手ごわそうな、あとで何を言われるかわかったものではない女性作家の太ももや腰に、気軽に触れることができただろう。先生は職業や社会的地位は無関係に、ただ女性であるというだけで相手を評価しようとする方だった。なんというおおらかさ、なんという無邪気さであることか。〉

（「オール讀物」二〇一四年六月号）

いついかなるときでも、渡辺の周囲には多くの女性が恒星を巡る惑星のように浮遊、飛行していた。接近し過ぎて衝突した女性もいれば、炎上して隕石となった女性もいた。看護師、大学生、銀座のクラブ、祇園はお茶屋の女将や芸妓、女優、編集者、実業家など、その交際範囲は実に広かった。渡辺が世に問うた多くの小説の登場人物には、虚実であざなわれた彼女たちの影像とその影が見える。もちろん単数ということではなく、複数の女性たちを融合、置換し、新しい人物を造形した。

「オール讀物」の同じ号で、髙樹のぶ子も次のように書いている。

〈いつだったか訊ねたことがある。先生、小説の中の性愛と現実の女性と、どちらが上ですかと。先生は即座に応えられた。現実の方が圧倒的だよと。

そのとき、なんて幸せな人だろうと思った。激しく熱い性愛を描きながら、けれどそれを圧倒するほどの生身の喜びを味わって来られたのだ。いや作家でありながらその事実を堂々と言えるということに、訊ねたこちらが圧倒されてしまっていた。〉（前掲誌）

この世の万人に共通する「加齢と不能」は渡辺にとって、どんな意味を持つのか。性愛の幸福を満喫してきた人が、人生の最後に生の神髄である性愛を取り上げられた時、新しい美を発見するのか、あるいは思いもよらない変身を遂げるのか。女としても、作家としても髙樹は期待と興味を持って注視し続けていた。

〈渡辺さんは性愛を神の座から引き下ろすことなく、性愛は渡辺さんにとって神の輝きを保ったまま、彼の人生は終わったのだ。〉（前掲誌）

七月二八日三時から帝国ホテル「孔雀の間」で、「渡辺淳一さん　お別れの会」が催された。香典、供物の類は遠慮したが、供花だけは受け取った。会費は一万円だった。

発起人は、出版社がKADOKAWA、河出書房新社、幻冬舎、講談社、集英社、新潮社、中央公論新社、文藝春秋の八社。新聞社が朝日新聞社、産経新聞社、中日新聞社、東京スポーツ新聞社、西日本新聞社、日本経済新聞社、北海道新聞社、毎日新聞社、読売新聞社の九社。いずれも社長の名前の五〇音順だ。

約九〇〇人が出席した。作家を代表して北方謙三と林真理子の二人が弔辞を読み、友人を代表して臨済宗相国寺派管長の有馬頼底が「お別れの言葉」を述べた。有馬頼底は、渡辺が新人時代に加わった「石の会」を主宰していた有馬頼義の遠縁に当たる。

出席者は、津川雅彦、豊川悦司、三田佳子、山本陽子、名取裕子、秋吉久美子、黒木瞳、川島なお美、八代亜紀などの芸能人から石破茂などの政治家まで多彩な顔ぶれで、生前の交友の広さを物語っていた。作家は、浅田次郎、宮部みゆき、出久根達郎、三好徹など。画家の村上豊、デザイナーの三村淳などの顔も見えた。出版社の役員や編集者は無論のこと、銀座のクラブの女性たちも参加した。クラブの女性たちも、それ相応に年齢を重ねていた。故人より年長の、古い編集者が不自由な身体にもかかわらず、杖を用いて駆け付けた。渡辺淳一ほど編集者から慕われた作家を私は他に知らない。

翌日の新聞の社会面に、「お別れの会」の記事が写真とともに載った。その隣に元講談社の大久保房男の死亡記事が小さく並んでいた。

渡辺淳一文学賞受賞作品の多様さが示すもの

渡辺淳一の文学忌は代表作の一つ「ひとひらの雪」に因み、「ひとひら忌」と名づけられた。第一回の「ひとひら忌」は二〇一五年四月、渋谷公園通りの仕事場の隣にある故人ゆかりの東武ホテルで開かれ、林真理子が思い出を語った。

三回忌に当たる第二回「ひとひら忌」は二〇一六年四月二八日、同じ東武ホテルで行われた。髙樹のぶ子が和服姿で渡辺淳一の思い出話を述べた。

「私は、渡辺さんとの対談で、よく『性度』という造語を使ったのですが、渡辺さんは実に豊かな『性度』を体得した人で、まさに現代の光源氏です。数々の女性と友好関係にありながら、大きな破綻もせずに、最後は愛する家族の許で亡くなった。こんなのあり？　と思いたくなる」

自身の離婚体験をも持ち出した髙樹の実感だったろう。またこの年、渡辺の遺志で、「純文学・大衆文学の枠を超えた、人間心理に深く迫る豊潤な物語性を持った小説作品」を顕彰する「渡辺淳一文学賞」が集英社の主催で創設された。選考委員は、浅田次郎、小池真理子、髙樹のぶ子、宮本輝の四人。直木賞系と芥川賞系で二人ずつというところが渡辺賞の性格を表している。第一回の受賞作として、川上未映子の『あこがれ』（新潮社）が選ばれ、贈賞式と祝賀会が、五月二〇日にパレスホテル東京で開かれた。

『あこがれ』の主人公ヘガティー（わたし）は小学校六年生、三歳の時に母親と死別した。四歳で父親が亡くなった麦彦の二人を取り巻く大人たちのドラマは、「人間心理に深く迫る豊潤な物語性」という賞の精神に合致している。読後感が爽やかなのが良い。全篇を通じ、「少年・少女文学」的な雰囲気が横溢しているので、渡辺流の「性愛文学」を期待していた人は、ちょっとはぐらかされた、と思うだろう。渡辺に言わせたら、「もっと男と女のどろどろした関係を描かなければ……」と注文を付けるかもしれない。

文学賞の第一回受賞作というのは、将来の賞の行く末に大きな影響を与える。選考委員の髙樹のぶ子は「渡辺賞が巨木に育っていくことを願っているが、川上さんはその第一回受賞作家として、実にふさわしい人」という。川上未映子は作家生活一〇年にして、すでに紫式部文学賞、高見順賞、谷崎潤一郎賞などを受賞している逸材だ。

第二回「渡辺淳一文学賞」は平野啓一郎の『マチネの終わりに』(毎日新聞出版)に決まり、贈賞式と祝賀会が一七年五月一九日にパレスホテル東京で行われた。受賞作は一五年から翌年にかけて、毎日新聞朝刊に連載された新聞小説だ。

平野と新聞小説とは、なかなか結びつかない。新聞社にとっては、大変な「冒険」だったはずだ。選考委員の宮本輝は、「不特定多数の読者を一年近くも引っ張っていくのには、『作り』という仕掛けが必要」と、式で挨拶をした。力ずくで成し遂げたわけだから、平野の今後の仕事には大変なプラスとなる受賞だった。同じ選考委員の髙樹のぶ子が、「エンディングの後から、地獄の茨を歩む本当の恋愛が始まる」と説くが、まさに渡辺淳一もそこからの部分を読みたがるはずだ。

第三回の「渡辺淳一文学賞」は東山彰良の『僕が殺した人と僕を殺した人』(文藝春秋)が、選ばれた。選考委員は、第一回から変わっていない。東山は直木賞をはじめ、大藪春彦賞、中央公論文芸賞、織田作之助賞をすでに受賞している。一八年五月一八日に贈賞式と祝賀会がパレスホテル東京で行われた。

東山は「受賞の言葉」で、「純文学と大衆文学の境界線はどこにあるのでしょうか」と疑問を投げかけ、マーク・トウェインの「カリフラワーだって大学教育を施されたキャベツにすぎない」という言葉を引いて、「純文学と大衆文学の関係も似たようなもので、カリフラワーだろうがキャベツだろうが、美味しけりゃそれでいいじゃないですか」と述べている。

「不能文学」への長い航跡

渡辺淳一とは、一体どのような作家だったのか。渡辺はこの世の中はすべて相反する両極というか、二面性で成り立っている、とよくいっていた。

「ゴルフだって、ドライバーとパターではまったく違う動作と思考を必要とする。人間だって、性質や行動には、必ず表と裏の両面があるのさ」

自身が広めた「鈍感力」の裏側に、緻密で繊細な集中力があった。書籍にする際の原稿の校正は文章の一字一句に固執した。茫として漠たる大ざっぱな性格だろうと思っていると、とんでもないしっぺ返しがくる。医学者に備わった合理的精神と、文学者（作家）が持つ自由奔放な創作精神の両面を兼ね備えていた。育ちの良さには似合わない「ばんから」な面があり、理不尽な秩序や権威への反骨心もあった。明晰な頭脳の中に適度な不良性を備えていた。

小学校から高校までずっと優等生だったから、教師に怒られたことはなかったろうし、「怒られている自分の姿」を想像もできなかったのではあるまいか。自分だけは何をやっても許されるという自信があった。自分が下した決断に間違いはなく、誰もが認めてくれるはず、という強い誇りと自信に満ち溢れていた。仕事と遊びのバランスをとるのも上手だった。ゴルフ、麻雀、将棋、碁など、勝負事と遊びが好きで、遊びの「十種競技」があれば、「文壇では、俺が一番だ」と豪語したこともあった。

渡辺淳一の文学的業績を振り返る時、すでに五〇歳になったときから宣言し続けてきた、「不能に陥った時の性は重要な文学的テーマ」という言葉に触れないわけにはいかない。晩年になると、川端康成の『眠れる美女』や谷崎潤一郎の『瘋癲老人日記』を超える面白い作品を書きたいといい続けていた。さらに谷崎が亡くなった年齢を超えると、『瘋癲老人日記』は面白くない、と断言した。「艶やかさ」がない、というのがその理由だった。

自分の小説には、私がすべてに投影されているし、さまざまな女性との体験が無ければ書けなかった、と公言した。もっとも、『失楽園』のように、心中したわけでもないし、『愛の流刑地』のように殺人も犯してはいない。松本清張がまだ若かった頃に「女性が上手に描けないのは、女性の経験が少ないからだ」と言われ、「実際に人を殺さなくては、殺人シーンは書けないのか」と激怒した話が浮かんでくる。

渡辺は間違いなく私小説作家だった。「不倫」ばかり好んで書くのではなく、熱中した愛を書いたら、「不倫」の関係だった、と説明する。現代の愛は、「大きな枠と決まり事にとらわれ過ぎている」と説いた。「年齢を重ねたら、異性に思いを寄せるだけでもいいから、もっと自由奔放に生きろ」、といって、「不能小説」にたどりつくまで書き続けた。言いかえれば、初期の短篇を含めて、すべてが「最終章」を書くためのアペリチフであり、オードブルだったのかもしれない。そういえば、「結婚して出産、そして離婚するのが、おんなのフルコースだ」と発言したこともあった。

自身の初恋を書いた『阿寒に果つ』や医学的知識を駆使した『無影燈』から始まり、京都の伝統文化のなかで生きる現代女性を描いた『化粧』と、男の視点で新しい「情痴」の世界を切り開いた『ひとひらの雪』などが、初期の代表作といえる。「ひとひら」は渡辺淳一文学忌の名前にもなった。

サディズムやマゾヒズムの陰影が認められる『うたかた』や情死にいたる『失楽園』、自分の妻が性の調教を受ける様をのぞき見る『シャトウ　ルージュ』など、さまざまな性愛の背景と舞台の上で繰り広げられる性技の情景は精緻を極めているが、登場人物の洞察と思索の裏付けがあり、澄明感と立体感に富んでいるから、医学書にもならず、ポルノに堕ちることもない。平安時代の権力者白河法皇と幼女、藤原璋子（たまこ）を題材にした『天上紅蓮』では、無数の蛍の光で、孫のような璋子の股間を観察するロリータ趣味も書いた。『愛の流刑地』は、性愛の行き着く先が殺人だった。それらの作品も、すべて「不能小説」といわれ、絶筆となった『愛ふたたび』への序章だったといえるのではないか。

多くの伝記小説も手掛けた。『花埋み』（荻野吟子）、『冬の花火』（中城ふみ子）、『静寂の声——乃木希典夫妻の生涯』、『遠き落日』（野口英世）、『女優』（島村抱月・松井須磨子）、『君も雛罌粟（コクリコ）われも雛罌粟』（与謝野鉄幹・晶子）なども、男女の愛の一面を描いたと考えれば、やはり「序章」だったと考えられる。

単なる男女小説にとどまることなく、『麻酔』（医療過誤）や『エ・アロール　それがどうしたの』（高級老人ホーム）、『幻覚』（高齢者への過剰な薬品投与、近親相姦と精神障害）など、高齢化社会が抱える医療制度の矛盾や医師の倫理観にも正面から逸早く斬りこみ、難題を的確に提起した。

作品の発表時期が特定されるような事件や音楽、ドラマなどの描写は避けた、と書いたが、背景にある時代の流れは鋭く捕えていた。ジャーナリスティックな視点もさることながら、バブル景気に踊った時代、そして泡と消えたあとのリーマンショックなど、行間からは時代の風が肌に感じられた。

文芸評論家の斎藤美奈子は、渡辺が亡くなった時、次のように記している。

〈渡辺文学で恋愛の作法は学べない。が、時代の雰囲気に関しては「鈍感力」ならぬ意外に「敏感力」の人だったのかもしれない。〉（「恋愛小説と経済」東京新聞二〇一四年五月一四日朝刊「本音コラム」）

恋愛に「学ぶべき作法」が必要かどうかは、当事者をさしおいて、傍からとやかくいうことではないだろうが、渡辺文学の底流にある、社会意識に目を向けている。

つまるところ、渡辺淳一は最期を迎える直前まで、自分の性について小説を書いた稀有な作家であり、すべての作品が雄大にして緻密な性愛の自叙伝であり叙事詩だった。生涯にわたって、「キタ・セクスアリス」を書き続けた、といっても言い過ぎではない。

川端康成の『眠れる美女』や谷崎潤一郎の『瘋癲老人日記』と『失楽園』や『愛の流刑地』、『愛ふたたび』を単純に比較しても意味はないし、そのすごさはわからない。渡辺淳一の「最終章」に辿りつくまでの航跡を追わなくてはいけない。その全航跡を追ってみて、初めて渡辺の希代未聞（きたいみもん）な業績が浮かび上がってくると思うのだ。決して理解できない男と女の曖昧模糊としながらも歴然とした差違を無謀に、かつ執拗に追い求め続けた人生だった。

渡辺淳一と私の年齢差は六つだ。作家と編集者の年齢差について、渡辺は、「作家のほうが一〇歳くらい上の方が最もやりやすいのではないか」と書いている。別に、これと言って、確たる理由があるわけではない。

〈わたしがデビューした頃には、もちろん年上の編集者が多く、それで仕事上とくに問題になることはありませんでしたが、だんだんつき合いが長引き、取材や講演会にまで一緒に出かけるようになると、年上であることが次第に気重になってくる。これは編集者の側にとっても同じことだろうと思います。〉（『創作の現場から』集英社文庫）

確かに編集者から見ても、あまり年下の若い作家とは付きあいにくいところがある。渡辺の一〇歳くらい下となると、一九四三年前後の生まれとなるが、大戦の真っ最中で、この年代の編集者も作家も少ない。六つ違うと、作家と編集者の立場をおいても、人生の先輩としての敬意が生まれる。若い時代に読んだ書籍の話になっても、三島由紀夫の『鏡子の家』とか武田泰淳の『森と湖のまつり』など、共通の話題が成立した。

渡辺は、「もともと編集者というのは一種の特殊技能者で、たとえ組織に属していても本質的にはひとりひとりの独立した仕事だ。クラブのホステスに似て、店に雇われていても自営しているようなもので、責任があるはず」という。

〈作家を長く、仕事としてやっていく以上は、いい編集者が自分の周りにつくよう努めなくてはいけない。それは結局、自分の糧になるわけで、いい編集者を周りにつけることこそ、作家の才能の一つだということができそうです。〉（前掲書）

二〇一六年八月に文芸評論家の川西政明が亡くなった。高橋和巳や埴谷雄高、武田泰淳の評伝で知られる。河出書房新社の編集者時代に渡辺淳一を発掘した功績を忘れてはならない。川西が北海道出身の船山馨と一緒に渡辺に初めて会ったのは、一九六七年の夏の札幌だった。渡辺淳一三三歳、川西政明二五歳。渡辺のいう作家と編集者のほど良い年齢差だった。「和田心臓移植」の一年前である。ふたりは意気投合して、連日夜が明けるまで薄野で痛飲した。

以後、川西は医学の道から文学の世界への転身を含めて、なにかと助言し激励した。もし渡辺が川西と出会わなかったら、医学の道をそのまま進んで、「作家渡辺淳一」の誕生はなかったかもしれない。

渡辺淳一の八〇年の人生で、私が知り合ったのは直木賞を受賞する前後から後半生といえる四三年間でしかない。しかしその時期は、私の朝日新聞社での生活とほぼ重なっている。もし渡辺淳一と彼のもとに集まった編集者たちの知遇を得なかったら、私の人生はもう少し違った道を歩んだようである。

（完）

渡辺淳一と筆者、1993（平成 5）年ごろ

終わりに

「淳ちゃん先生」なる言葉は、周囲から親しみと尊敬を込めて呼ばれたことを意味する。文中でも述べたが、池波正太郎さんも「淳ちゃん、淳ちゃん」と呼んでいた。池波さんがよく行っていたクラブの開店何周年かのパーティーのときだった。渡辺淳一さんと二人で出掛けた。記帳簿に「主治医」と書いたらどうですか、と水を向けたら、面白がってそう書いた。折しも池波さんに痛風の発作が起き、いろいろと「淳ちゃん先生」の医学的な助言を求めていた。「淳ちゃん先生」はお見舞いに血圧計を贈った。池波さんはお返しに羽織の紐を贈った、と記憶している。池波さんが年下の渡辺さんを「淳ちゃん」と呼ぶのは構わないが、クラブの女性や編集者は「淳ちゃん」とは呼べない。そこで女性たちは面と向かってはいわないけれど、陰で「淳ちゃん先生」と呼び始めた。出版社は原則として、寄稿家を「先生」と呼ぶ。「ちゃん」付けで呼ばれる編集者は大勢いるが、「ちゃん」付けで呼ばれる作家はめったにいない。作家、渡辺淳一さんの偉大なる「勲章」といえるのではあるまいか。

文中、渡辺さんをはじめ、作家や先輩編集者など、すべて敬称を略したのは他意があるわけではもちろんない。敬称の有無が大きな問題となった「週刊新潮」の談話の例もある。まずもって非礼をお詫びしなければならない。その取材記者、松田宏さんも二〇一八年の夏に亡くなった。

本書の執筆は「編集者とは何か」と自問し続ける作業でもあった。昔のやぶの会の仲間と、パーティーなどで会うことがある。渡辺さんと過ごしたさまざまなことが懐かしく甦ってくる。もちろん仕事をしていたわけだから、楽しいことばかりではない。ただ新聞社出版局という鵺（ぬえ）みたいな存在にあって、他社の出版社の人たちがフランクに付きあってくれたのにはお礼の言葉もない。

作家と編集者のつながりは、まさに一代限りの個人的関係で終わりたいので、「同窓会」的集まりにはあまり興味はない。といいながら、きわめて個人的な関係を詳らかにすることは矛盾するし、忸怩たるものもある。編集者として知り得た作家のさまざまなことは、墓の下まで持っていくべきだ、と説く人もいる。しかし自らの体験をどこかに書き残しておけば、将来、文学史の一ページとして、想像もつかないようなところで、何かの役に立つこともあるかもしれない。記録として残す責任を負わなければならない年齢に達したということだろうか。

私が、渡辺さんいうところの、いい編集者であったかどうかはわからないが、渡辺さんに限らず「週刊朝日」の連載小説に関して、長い間私の思うようにやらせてもらえたことは編集部に感謝している。無論のことに私一人の力ではなく、図書編集部の福原清憲さんを初めとして優秀な出版局同僚諸兄姉の協力を得てのことである。

よく作家を師と仰ぐ、編集者がいる。私は、作家を師と思ったことはない。もちろん、作家の良い面も悪い面も、多くのことを学んだ。作家のほうも、編集者を弟子とは思わないであろう。競争相手とも思わないいし、ゴルフの「同伴競技者（一緒にラウンドする、俗にいうパートナー）」でもない。渡辺さんのいうようにクラブの「ホステス」の要素もなしとしないが、作家の内面に深く介入するし、個人的な金銭関係は薄い。

作家と編集者は二人三脚の関係、という人もいるが、それほど同格ではない。かといって、「僕（しもべ）のような存在」と自虐的になる必要もなかろう。ひたすら作家の陰にいて、ある時は黒子、ある時は精神的なパトロンかつパートナーとして、「小説という名の商品」を作り出すことに精を尽くす「絶滅危惧種」的な文芸編集者の存在に気づいていただけたら、望外の喜びだ。編集者の仕事に興味を持ってくれる人が増えるかもしれないという漠たる望みもある。

本書は左右社のホームページに私が連載したネッセイ（ネットによるエッセイ＝私の造語です）、「オンとオフの真ん真ん中」で、「淳ちゃん先生のこと」と題し、二〇一六年五月の一六九回から二〇〇回まで連載した草稿を大幅に加筆したものである。

当初は、こんなに長く書き続けるつもりも無かったし、生来の性格で日記も書かず記録にも残していない。ひたすら記憶の糸を頼りに過去を振り返ったわけで、思い違いなどがあるかもしれない。文中でも述べたが、渡辺淳一さんの小説はあくまでも創作（フィクション）であって、実録ではない。参考資料の一助として紹介したのであって、実在の人物を特定したわけではない。もし迷惑があったとすれば、それはすべて筆者である私の責任である。年譜などは川西政明氏の著作に負うところが多い。あらためて感謝の意を表す次第だ。

左右社の小柳学さんと東辻浩太郎さんには、ネッセイの連載中親身にお世話をいただいた。厚くお礼を申し述べたい。また、名前は記さないが「やぶの会」のメンバーにも相談にのっていただき、懇切なご教示を賜った。

本書刊行に際しては、構成の段階から、元同僚の柴野次郎さんの協力を得た。奇しくも小、中学校、高校、大学と同期生だった大野雍幸さんには、リラの花の淡麗な装画を頂いた。

本書刊行までには多くの人の、ご協力があったことを記し、謝意を申し述べたい。有り難うございました。

二〇一八年一〇月

重金敦之

《参考文献》

渡辺淳一氏の著作、未刊行原稿「私の履歴書」(日本経済新聞・二〇一三年一月一日から三一日)以外に次の図書を参考にした。感謝を申し述べる。

▽川西政明『リラ冷え伝説――渡辺淳一の世界』(一九九三年、集英社。のち「渡辺淳一の世界」と改題して集英社文庫。さらに「決定版　評伝　渡辺淳一」と改題して集英社文庫)
▽吉村昭『神々の沈黙――心臓移植を追って』(一九六九年、朝日新聞社。のち文春文庫)
▽吉村昭『消えた鼓動――心臓移植を追って』(一九七一年、筑摩書房。のちちくま文庫)
▽共同通信社会部移植取材班『凍れる心臓』(一九九八年、共同通信社)
▽上坂高生『有馬頼義と丹羽文雄の周辺――「石の会」と「文学者」』(一九九五年、武蔵野書房)

重金敦之／著書

◎単著

『ミツバチの旅』（写真・長谷忠彦）一九七〇年　朝日新聞社　A5判上製

『気分はいつも食前酒』一九八七年　朝日新聞社（装画＝風間完）四六判上製
のち一九九七年集英社文庫（装画＝小松久子・解説＝齋藤壽）

『メニューの余白』一九九三年　講談社（装画＝風間完、題字＝加藤芳郎）四六判上製
のち一九九八年講談社文庫（装画＝小松久子・解説＝岸朝子）

『ソムリエ世界一の秘密――田崎真也物語』一九九五年　朝日新聞社　四六判上製
のち一九九八年中公文庫（装画＝古川タク・解説＝玉村豊男）

『利き酒入門』一九九八年　講談社現代新書（「パブリッシングリンク」の電子出版に登録）

『銀座八丁　舌の寄り道』一九九八年　TBSブリタニカ（装画＝風間完）四六判上製

『食の名文家たち』一九九九年　文藝春秋（装画＝古川タク）四六判上製

『舌の向くまま』二〇〇〇年　講談社（装画＝風間完）四六判上製

『池波正太郎劇場』二〇〇六年　新潮新書（新潮社）（新潮社電子出版に登録）

『すし屋の常識・非常識』二〇〇九年　朝日新書（朝日新聞出版）

▽『壽司的常識與非常識』として、台北市「麥浩斯」から翻訳発行
『美味は別腹』二〇〇九年　ランダムハウス講談社　四六判
『小説仕事人・池波正太郎』二〇〇九年　朝日新聞出版　四六判
『作家の食と酒と』二〇一〇年　左右社（題簽＝杉浦綘雲）Ｂ６判
（左右社電子出版に登録）
『編集者の食と酒と』二〇一一年　左右社（題簽＝杉浦綘雲）Ｂ６判
（左右社電子出版に登録）
▽『昭和微醺──門外不傳的老派編輯術』として、台南市「柳橋出版」から翻訳発行
『愚者の説法　賢者のぼやき』二〇一二年　左右社（題字＝糸賀洋子）Ｂ６判
『食彩の文学事典』二〇一四年　講談社（装画＝長崎訓子）四六判
『ほろ酔い文学事典──作家が描いた酒の情景』二〇一四年　朝日新書（朝日新聞出版）
▽『微醺。與大文豪獨酌』として、台北市「大是文化」から翻訳発行

◎共著

『池波正太郎が残したかった「風景」』（池波正太郎ほか）二〇〇二年「とんぼの本」（新潮社）Ａ５判

『池波正太郎と歩く京都』(池波正太郎) 二〇一〇年「とんぼの本」(新潮社) A5判
『池波正太郎の江戸料理を食べる』(野﨑洋光) 二〇一二年 朝日新聞出版 A5判

◎編著

『美味探求の本』二〇〇〇年 編集=有楽出版社、発売=実業之日本社(装画=柳原良平)
四六判上製
『美味探求の本 世界編』二〇〇一年 編集=有楽出版社、発売=実業之日本社(装画=柳原良平)
四六判上製
『飲むほどに酔うほどに——愛酒家に捧げる本』二〇〇二年 編集=有楽出版社、
発売=実業之日本社(装画=柳原良平) 四六判

(品切れの本は「アマゾン」か「日本の古本屋」にお問い合わせください)

重金敦之（しげかね・あつゆき）

1939年、東京生まれ。文芸ジャーナリスト。慶応大学卒業後、朝日新聞社入社。「週刊朝日」在籍中に、池波正太郎、松本清張、結城昌治、渡辺淳一など多くの作家を担当した。『食彩の文学事典』（講談社）、『小説仕事人・池波正太郎』（朝日新聞出版）など著書多数。日本文藝家協会会員。

左右社のホームページ（http://www.sayusha.com/）に「鯉なき池のゲンゴロウ」を連載（隔週更新）。

淳ちゃん先生のこと
2018年12月10日　第1刷発行

著者　重金敦之
発行者　小柳学
発行所　左右社
150-0002 東京都渋谷区渋谷2-7-6 金王アジアマンション502
Tel 03-3486-6583　Fax 03-3486-6584
印刷　精文堂印刷株式会社

Printed in Japan　ISBN 978-4-86528-217-7

重金敦之の本

作家の食と酒と

松本清張、池波正太郎、山口瞳、向田邦子、渡辺淳一、髙樹のぶ子、嵐間完……。名編集者がみた作家たちの食と酒の風景が生き生きと蘇る。「本の話」連載のコラム、「酒屋に一里、本屋に三里」も収録。朝日新聞、東京人、銀座百店など書評多数。

本体価格一八〇〇円

編集者の食と酒と

「週刊朝日」のベテラン文芸編集者として、数多くの作家たちと接してきた著者が見た編集者の姿。「編集者の仕事　編集者と作家の距離は、遠くて近いのか、それとも近くて遠いのか」「原稿料と原稿量」など、自身の体験と編集者の生態、そして編集者からみた作家・書店・書籍を論じる。

本体価格一八〇〇円

本体価格一八〇〇円

愚者の説法　賢者のぼやき

松本清張、池波正太郎、渡辺淳一らを長年担当してきたベテラン文芸編集者の日々のあれこれ。「井上ひさしと東北の風土」「原発事故と池波正太郎」ほか、東日本大震災後の一年間の人びとの心の動きとメディアを巡って綴られたエッセイ四十三篇。好評文芸エッセイ集第三弾。

左右社の文芸書

〆切本

左右社編集部編　本体価格二三〇〇円

「かんにんしてくれ給へ どうしても書けないんだ……」

「鉛筆を何本も削ってばかりいる」

夏目漱石から松本清張、村上春樹、そして西加奈子まで九十人の書き手による悶絶と歓喜の〆切話九十四篇を収録。泣けて笑えて役立つ、人生の〆切エンターテイメント！

〆切本2

左右社編集部編　本体価格二三〇〇円

「やっぱりサラリーマンのままでいればよかったなア」

作家と〆切のアンソロジー待望の第二弾。非情なる編集者の催促、絶え間ない臀部の痛み、よぎる幻覚と、猛猿からの攻撃をくぐり抜け〆切と戦った先に、待っているはずの家族は仏か鬼か。バルザックから川上未映子まで、それでも筆を執り続ける作家たちによる、勇気と慟哭の八十篇。